어쩌다 어른

어쩌다 어른

이영희 에세이

바다출판사

차례

1장

사소한 취향과 실없는 농담이
우리를 구원한다

2장

아무도 칭송하지 않는 일을
열심히 하는 이유

3장

내 인생의 고유한
특별함이란 무엇인가

1장

사소한 취향과 실없는 농담이
우리를 구원한다

나에게는 나만의 레이스가 있다

오늘도 다른 신문을 보다 마음이 삐쭉거린다. 내가 한 번쯤 써보고 싶었던 주제를 유려한 문장으로, 메시지가 쏙쏙 머리에 박히도록 써 내려간 글들을 볼 때마다 이건 뭐, 속이 아프다. 너는 왜 이런 글을 못 쓰니, 라고 누가 구박하는 것도 아닌데. 세상에는 잘난 사람들이 차고 넘친다는 것을 알아 버린 지 오래인데. 다른 누구와 나를 비교하며 쉬이 우울해지는 습성은 잘 고쳐지지 않는다.

'경쟁'이 적성에 맞지 않는다고 느낀 건 오래전부터다. 솔직하게 인정하자면, 질 게 빤한 레이스를 뛰어야 하는 게 싫었던 것일 게다. 초등학생 때부터 타고난 몸치로 100미터를 21초대에 끊던 나는 열심히 하겠다는 의지 따원 없이, 일찌감치 '절대 달리지 말아야지' 결심했더랬다.

운동회 날, 달리기가 시작될 즈음이면, 늘 배가 아프거나 화장실이 급해지곤 했다. 운동회 달리기는 왜 군이 8명이 동시에 뛰어야 하는지 아직도 모르겠다. 그리고 어쩐지 억울하다. 1등의 짜릿한 기쁨과 2등의 울먹이는 아쉬움을 돋보이게 해줄 3~8등들에겐 사실 열심히 달려야 할 명분이 없지 않은가.

　남의 경쟁을 지켜보는 것도 싫었다. 특히 질색했던 건 '천재 VS 수재' 스토리. 재능을 타고 났다는 이유만으로, '내가 뭘?' 하는 순진한 표정으로 주변인들을 상처 입히는 천재도 보기 싫었고, 그걸 기어코 따라가 보겠다며 도끼눈을 뜨고 아등바등하는 수재 캐릭터도 거슬렸다.

　천재 VS 수재 스토리의 원조 격이라 할 수 있는 모차르트와 살리에리의 경쟁을 다룬 영화 〈아마데우스〉는 그나마 성우가 더빙한 모차르트의 경박한 웃음소리가 맘에 들어 꾸역꾸역 봐 줬지만, 만화 《유리가면》은 정말 고역이었다. 워낙 유명한 작품이고, 내용 또한 탄탄하여 끝까지 손에서 놓지 못하면서도, "이딴 얘기 정말 싫어" 구시렁구시렁. 세상은 다른 이와 겨루며 살아야 하는 곳이고, 그 어떤 분야든 노력만으로는 따라잡을 수 없는 재능을 가진 이가 존재한다는 사실이, 이 세상의 가장 거지 같은 부분이 아닌가 생각한다.

　천재 VS 수재 스토리 중 유일하게 좋아한 작품은 《피아노의 숲》이다. 사창가에서 자란 천재 음악 소년 카이와 반듯하게 자란 모범생 음악 수재 슈헤이의 이야기를 그린 이 만화가 특별한 것은, 작가의 시선이 천재 카이가 아니라 수재 슈헤이에게 가 있다는 점이다. 카이를 만나고 나서 처음으로 '이기고 싶다'는 감정을 발견한 슈헤이는 노력하지만, 카이의 연주를 들을 때마다 도저히 이길 수 없다는 것을 깨닫는다. 그렇다고 자신의 지위를 이용해 카이를 골탕 먹일 음모 따윌 꾸미지도 않는다. 그가 싸우는 것은 부러움과 질투로 지옥이 된 자기 자신의 내면이다.

천재 소년 카이가 승승장구는커녕 그의 천재성을 인정하려 늘지 않는 배타적인 음악계에 외면당하는 스토리도 신선했지만, 역시 핵심은 슈헤이의 성장기다. 치열한 방황의 시간을 거쳐 청년이 된 슈헤이가 환한 미소를 띠고 아버지에게 이렇게 말하는 장면에선 너무 감동하여 눈물까지 흘렀다.

"아버지, 전 앞으로 절대 카이의 뒤를 쫓지 않겠이요. 그러면 카이의 앞에 있는 것을 평생 볼 수 없을 테니까요."

이건 일종의 포기지만, 이제부터 나의 시선으로, 나의 앞을 보겠다, 라는 독립선언이기도 하다.

나의 천재 VS 수재 스토리 혐오에 대해 몇몇 지인들은 "어릴 적 너를 좌절케 한 천재라도 있었던 거냐" 혹은 "픽션에 너무 감정이입하지 마라" 등의 반응을 보여 주셨지만, 그야말로 과찬의 말씀이다. 천재는커녕 수재도 아닌 내가 천재를 상대로 좌절할 일이 뭐가 그리 있었겠나.

캐릭터로 표현하자면 나는 천재 VS 수재의 레이스에 관심의 안테나를 바짝 고정시킨 채 열심히 소문을 퍼뜨려, 급기야 그들의 경쟁을 전설로 만들어 버리는, '한때 잠시' 레이스에 등장했던 같은 반 47번 소녀쯤 될까. 또는 먼발치서 홀로 '나도 할 수 있을까'와 '나는 못 해' 사이를 수없이 오가다 제풀에 지쳐 음악계 진출의 꿈을 일찌감치 접어 버린 예고 동창생 정도가 적당하려나.

누구나 이루고 싶은 무언가가, 넘어서고 싶은 누군가가 있다. 이는 재능을 가진 사람들만의 이야기는 아니다. 최선을 다해 하루하루를 보내지만, 이것이 과연 원하는 성취로 이어질지는 알 수 없다. 박수 칠 때 떠나라는데, 당최 박수를 받을 일이 없으니 언제 떠나야 할지도 알 길이 없다.

《피아노의 숲》에서 슈헤이는 카이의 뒤를 쫓지 않겠다고 선언한 후에도 오랫동안 질투의 그늘 안에서 서성인다. 그러다 카이와 함께 참가한 쇼팽 콩쿠르에서 홀로 탈락하고 나서야 깨닫는다. 카이의 등만 보느라 몰랐을 뿐, 자신이 음악을 진짜 사랑했던 사실을. 그런 슈헤이를 보며 생각했다. 떠나야 할 때를 지나 떠나도 괜찮아. 아무도 박수쳐 주지 않을 때 떠나도 괜찮아. 그 과정을 지나는 동안 '즐거웠다'고 말할 수 있다면. 다른 이들에겐 무모한 도전처럼 보였을지 모를 그 시간들이 나에게만은 큰 의미가 있었다는 걸 나는 알고 있으니까.

항상 조급하고 부끄럽고 갈증이 나면서도, 한없이 게으르고 무기력했던 건 결국 내가 이 레이스에서 이길 수 없음을 너무 잘 알기 때문 아니었을까. 두 걸음쯤 늦게 도착해 가쁜 숨을 고르며 이제 한 바퀴 돌았구나 땀을 훔치는 순간, 또 다들 앞서 가 버렸음을 깨닫고 허둥지둥하는 일만을 반복해 온 건 아닌가 싶기도 하고. 그렇다면 이제 적성에 맞지 않는 트랙에서 그만 내려서면 어떨까. 한때 몸담았던 저쪽 레이스에 힐끔힐끔 눈이 돌아갈 것이 빤하지만, 이대로는 절대 편안해질 수 없을 거란 절박함을 살아갈수록 자주 느낀다.

어쩌면 홀로 출발해 자기만의 레이스를 즐기는 건 천재나 수재로 태어나기보다 훨씬 어려운 일일지 모르겠다. 하지만 일도 사랑도, 자신의 페이스대로 찬찬히 음미하며, 많이 웃고 친절히 다독이며, 그렇게 하루하루를 살아 내고 싶다. 안다. 쉽지 않다는 걸. 하지만 그 길이 아니고서야, 천재도 수재도 아닌 내가 그리고 (어쩌면) 당신이, 지독할 정도로 시비를 걸어오는 이 삶을 미워하지 않고 무사히 통과해 나갈 수 있겠나.

사소한 취향과 실없는 농담이 우리를 구원한다

내게 기자의 꿈을 심어 준 중딩 시절 '나의 오빠'는 사실 (배우치고) 수려한 외모는 아니었다. "어린애가 취향 참 특이하다"는 엄마의 타박을 들으면서도 꿋꿋이 팬질을 이어 갈 수 있었던 단 하나의 강력한 이유는 그가 웃겼기 때문이다. 고등학교 땐 학교에서 제일 웃기는 선생님을 좋아했다. 아끼는 외국 배우를 고르라면 (브래드 피트 빼고) 잭 블랙이요, 다시보기로라도 꼭 챙겨 보는 텔레비전 프로그램은 〈무한도전〉과 〈개그콘서트〉였다. 좋은 만화는 많지만 웃기는 만화가 최고라고 생각한다. 사람들을 매혹하는 다양한 스펙트럼의 매력 중 딱 하나만 고르라면, 언제나 '웃음'이었다.

그리고, 나도 남을 웃기는 사람이 되고 싶었다. 중학교 때 옆 반 반장은 작은 키에 얼굴엔 장난기가 가득한 친구였다. 선생님들과도 자주 농담을 주고받는 그 친구 덕분에 옆 반에서는 수시로 웃음소리가 들려 왔다. 그 아이를 닮고 싶었지만, 재능이 없었다. 웃기기의 첫걸음인 흉내 내기도 어설펐고, 무엇보다 순발력이 떨어졌다. 유머 감각을 발휘할 절호의 찬스를 놓친 후 집에 돌아와 '아까 이런 이야기를 하면 웃겼을 텐데' 생각하면 잠이 오질 않았다.

남을 웃기는 덴 젬병이면서 왜 이렇게 유머에 집착할까. 스스로도 궁금해 '웃음의 의미'을 탐구한 작품을 찾아보기도 했다. 움베르토 에코의 소설 《장미의 이름》도, 베르나르 베르베르의 《웃음》도, 로베르토 베니니의 영화 〈인생은 아름다워〉도 좋았지만, 직접적인 도움은 되지 못했다.

요네하라 마리의 《유머의 공식》은 여러 번 읽었다. 이 책은 유머 탐험가의 대선배격이라 할 수 있는 요네하라 마리가 세상의 유머들을 몇 가지 유형으로 분류해 예시와 연습 문제까지 친절하게 제시해 주고 있는 책이다. 아 그래, 이 정도라면 나도 할 수 있겠어. 희망을 가지고 연습 문제에 도전하지만, 젠장 이거 대학 수학 능력 시험보다 훨씬 어렵잖아.

나의 팬질 필모그래피에는 그래서 웃기는 남자들이 가득하다. 유머 감각이 발군인 스모 선수에 빠진 적도 있고, 단지 유머를 안다는 이유로 미국 대통령 (아들) 부시에게까지 호감을 가졌으니 말 다했다. 이라크에서 기자 회견 중 한 이라크 기자가 항의의 뜻으로 신발을 벗어 던지자, 가까스로 이를 피한 부시 대통령이 말했다. "저 신발 사이즈는 10인 것 같네요."

일본의 극작가 미타니 고키三谷幸喜는 '행운幸'과 '기쁨喜'이라는 이름이 예고한 대로, '웃음의 연금술사' '코미디의 천재'로 불린다. 그의 작품 중 〈웃음의 대학〉은 1940년 전쟁 중의 일본을 배경으로, 경시청에서 희곡을 검열하는 검열관과 극작가가 벌이는

7일 간의 해프닝을 그렸다. 1990년대 일본 연극계를 떠들썩하게 한 히트작인데, 2004년에는 영화로 만들어졌고, 한국에서도 송영창, 류덕환 등의 배우들이 무대에 서 꽤 유명해졌다.

"모든 국민이 단결해야 하는 이 중차대한 시기에 웃기는 연극이라니"라고 생각하는 검열관은 작가의 대본을 사사건건 트집 잡는다. '나라를 위해'라는 대사를 꼭 집어넣으라든가, 멋진 경찰을 등장시키라는 무리한 요구를 하기도 한다. 하지만 작가는 모든 요구에 응하면서도 반짝이는 아이디어를 발휘해 웃기는 장면을 만들어 낸다.

그런 작가와 티격태격하며 차츰 웃음의 힘에 빠져드는 검열관. 국가가 강요하는 가치에 매몰돼 '나'를 잃어버렸던 그는 극의 마지막, 소집 명령을 받고 전장으로 떠나는 작가에게 고백한다.

"이렇게 재미있는 세계가 있는 줄 몰랐어. 꼭 살아서 돌아와. '나라를 위해 죽는다'는 말 같은 건 하지 말게."

내가 가장 좋아하는 아이돌 그룹 스맙SMAP의 가장 좋아하는 멤버 가토리 싱고와 미타니 고키가 함께 뭉쳐 만든 뮤지컬이 있다. 일본 오리지널 뮤지컬로는 최초로 오프브로드웨이에서 초연한 〈토크 라이크 싱잉〉이다. 모든 의사표현을 말이 아니라 노래로만 하는 청년 '타로'가 주인공. 미국 시장을 겨냥한 작품답게 영어와 일본어 대사를 적절하게 섞어 웃음을 끌어 낸다. 뉴욕에서의 공연을 성공리에 마치고 도쿄 무대에 오르게 된 이 작품을 보러 몇 년 전 일본에 갔었다. 50회 공연 티켓이 오픈과 함께 동나버린 데다, 바다 건너 한국에서는 표를 구할 길이 막막해 '안 되면 그냥 돌아오리라'는 대인배 정신으로 저지른 여행이었다.

뮤지컬이 공연 중인 아카사카 ACT시어터에 무작정 찾아가 보니 현장 발매는 없고, 예매 취소된 표를 그날그날 당일권으로만 판매한다고 했다. 나 같은 팬들이 새벽부터 줄을 서는 혼란을 막기 위해 선착순으로 표를 팔지 않고, 공연 3시간 전부터 당일권 티켓 희망자들에게 번호표를 나눠 준 후, 공연 시작 45분 전에 추첨을 통해 당첨자를 발표하는 방식이었다.

하루에 나오는 취소 티켓은 10~20장 남짓. 매일 모여드는 사람이 300~400명은 되는 듯했다. 첫날과 둘째 날 추첨에서 떨어지고, 마지막 기회인 셋째 날 기적처럼 행운이 찾아왔다. 진행 요원이 내 번호를 부르는 순간, 대학 입시 결과 ARS에서 "합격입니다"를 듣던 때만큼이나 기뻤다. 그것도 무려 배우들의 얼굴이 생생하게 보이는 무대 앞 5번째 줄이었다.

실은 그날 아침 호텔에서 화장을 하며 후지TV의 아침 방송에 소개된 〈오늘의 별점〉 코너를 봤다. 나의 별자리 운세가 나오는데 두둥, "동경하던 사람을 가까이서 보게 된다"였다! 이 기막힌 점괘를 받고 오늘은 혹시 당첨될지 모른다는 희망으로 출동한 길이었다. 아무튼 그때 깨달았다. '하늘은 스스로 돕는 팬을 돕는다'는 사실! 믿습니까? 아멘.

세상은 자주, 내가 원치 않는 방향으로 움직인다. 하루는 고되고, 희망은 흐릿하다. 이런 일상, 사소한 취향과 실없는 농담이 우리를 구원한다고, 나는 믿는다. 그리하여 나의 웃음 탐닉은 앞으로도 계속될 가능성이 높다. 남들을 웃기는 귀한 재능은 타고나지 못했지만, 웃음의 역치가 매우 낮아 시시껄렁한 농담에도 쉽게 웃음이 터지는 재능만큼은 출중하니, 웃음으로 구원될 복된 세상의 기쁜 백성으로는 자격이 충분하지 않은가 생각하며.

나의 개명 실패담

한때 진지하게 개명改名을 고민한 적이 있다. '영희'라는, 1970~80년대 국정교과서 대표소녀 이름에 큰 불만이 있었던 건 아니다. "철수는 언제 오나?" "바둑이는 개밥 먹으러 갔니?" 같은 농담은 살면서 1만 번쯤 들어서 더 이상 상처랄 것도 없다. 그냥 인생이 지루하던 서른 즈음, 문득 이름을 바꾸고 싶어졌다.

일도 재미없고, 되는 일도 없고, 이렇게 무료한 인생은 모두 이름 탓인 것만 같아서, 나에게 범상치 않은 삶을 선사해 줄 이름을 얻고자 유명하다는 작명소를 찾아갔더랬다. 석을년, 강도야, 경운기 같은, 부르는 이마저 머뭇거려지는 이름을 갖고 사는 사람도 있는데, 영희라는 이름이 뭐 어떻다고 개명까지 하느냐고 물으신다면, 할 말은 없다. 하지만 영희라서 할 수 없는 것은, 사실 많지 않은가. 팜므파탈 영희도 이상하고 큐티 아이돌 영희도 이상하잖아.

가끔 이름을 듣고 나선 "부모님이 너무하셨네요"라고 농담처럼 이야기하는 사람들도 있었다. 너무 성의 없어 보이는 이름을 지은 거 아니냐는 타박이다. 사실 여부와는 상관없이(울면서 반대했으나 할아버지의 고집을 꺾을 수 없었다고 엄마는 주장한다), 부모님에게 탄생을 환영받지 못한 존재로 보이는 것 같아 싫기도 했다.

원래 한 가지에 빠지면 짧게는 한 달, 길게는 6개월 이상 정신없이 파고드는 성격이다. 개명이라는 신선한 과제가 머리에 떠오른 즉시 '작명 덕후'로 변신한 나. 일단 서점에서 작명 관련 책을 구입, 낮밤으로 탐독하여, 흔히 말하는 작명이란 게 어떤 원리로 이뤄지는지, 언제 어디서 비롯된 것인지 등등, 작명의 기초 지식을 습득했다. 그런데 역시! 알고 보면 대부분의 세계가 그러하듯, 작명의 세계 또한 넓고도 깊었다.

이름 풀이에도 다양한 종류가 있는데, 그중 가장 널리 쓰이는 작명법은 한자 이름의 획수(우리가 일반적으로 쓰는 한자 획수와는 좀 다르니 전문가에게 확인 요망)를 계산해 각 한자의 획수를 둘씩 혹은 셋씩 더하여 나온 숫자로 초년운, 중년운, 장년운, 총운 등을 점치는 것이 일반적이다. (자세한 방식은 천기누설이니 설명하지 않기로 하겠다. 실은 당시엔 빠삭했으나 지금은 거의 잊어버렸다.)

원리를 파악하는 1단계를 거쳐, 2단계로는 작명 사이트를 돌아다니며 이름 풀이를 해 보는, 케이스 스터디 과정이다. (요즘에는 셀프 작명도 인기여서, 한자로 이름을 입력하면 이름의 '점수'를 계산해 알려 주는 무료 사이트가 꽤 있다.) 내 한자 이름을 적고 프로그램을 돌리면 짜잔~ 신기하게 점수가 나온다. 이름에도 점수를 매길 수 있다는 걸 이때 처음 알았다. 결과에 따르면 내 이름은 대략 60~70점 수준.

한 사이트의 풀이 결과를 보도록 하자. 초년에는 기세가 하늘을 찌르고, 중년에는 목적한 바를 이뤄 내며, 장년에는 고비가 따른다. 그리고 총평은 "좋고 나쁨이 공존하는 운"이란다(아저씨, 너무 당연한 이야기 아닌가요!). 그리고 점수는? "띠리링~ 100점 만점에 64점입니다." 해설이 이어진다. "보통 이름이므로 무난합니다." 아 그렇구나… 진정 나는 이름마저 무난하기 그지없는 보통의 존재였던 것이로구나. 딱 한 군데, 100점이 나온 사이트도 있었다. 이 사이트는 한글로 성명운을 보는 방식이었는데, "당신의 이름은 100점!"이라더니 사회에서 대성을 이루며, 남편과 자식 복이 넘치고, 무병장수할 이름이라고 했다. 그리고 이런 해설까지 덧붙였다. "일상사의 마음뿐 아니라 인류사의 마음까지 지니고 있는 사람이다."

우오오, 봤나. 인류를 헤아리는 이름도 있다!

집요하니까 오타쿠다. 그렇게 여러 밤을 지새우고도 마지막 확인을 위해 굳이 작명소를 찾았다. 예약을 하지 않으면 안 되는 꽤 유명한 성명학자가 운영하는 곳이었다. 아저씨는 내 생년월일과 한자 이름을 묻더니 흰 종이에 열심히 이런저런 한자와 숫자를 적는다.

"음, 이름이 조금 아쉽긴 하네. 내가 최고의 이름을 지어 놓을 테니 며칠 있다 다시 와."

일주일 후 찾아가니 사주에 딱 맞는 이름 찾기가 어려워 3박 4일을 고민했다며, 새 이름이 적힌 종이를 내밀었다. 그런데 이 이름은? '신생아 여아 인기 이름 베스트3' 중 하나가 아닌가. 그냥 서랍에 넣어 뒀던 종잇장 중에 아무거나 하나 꺼내 준 거 아니야? 하는 의심이 당연히 들 수밖에.

"근데요 선생님, 이 한자는 획수 계산을 어떻게 하는 건가요. 이 이름이 제 사주를 어떤 식으로 보완하고 있는 거죠? 성명학에는 수리성명학 말고도 소리를 보는 음령오행성명학도 있고, 성격성명학 같은 것도 있다는데, 그런 걸로도 다 좋은 이름 맞나요? 이름 바꾸려면 돈도 들고 엄청 귀찮은 일인데, 정말 이 이름으로 바꿀 만한 값어치가 있을까요?"

난데없는 곳에서 예리한 기자 본능 폭발한 나는 덕질로 익힌 지식을 총동원하여 질문을 쏟아 냈고, 결국 저명하신 성명학자께선 버럭하고 마셨다.

"아니, 이 아가씨가! 지금 이름도 대충 괜찮으니 귀찮으면 그냥 쓰든지!"

이리하여, 3개월여의 집중 탐구 기간을 거친 후, 개명을 향한 내 야심찬 계획은 무산되고 말았다. 일단 작명법을 파면 팔수록 한자 획수로 운명이 바뀌는 신묘한 이치를 납득하기 어려웠다. (좋아하는 사람의 이름 획수를 계산해 사랑점을 치던 어린 시절의 놀이와 뭐가 다른가 싶기도 하고.) 또한 현재 한국에서 통용되는 작명법은 1920년대에 일본인 구마사키 겐오가 만든 것인데, 넉 자의 한자로 이뤄진 일본인의 이름을 기준으로 한 것이었다고 한다. 그런데 이것을 석 자의 한자로 이뤄진 한국인의 이름에 적용하는 것은 억지라는 주장도 있다. 어느 다큐에서 조선의 왕들 이름을 현재의 작명법으로 풀어 보니 좋지 않은 이름이 많았다고도 하고(조선시대에 지금의 작명법이 통용됐다면, 왕에게 나쁜 이름을 지어 줬을 리가 없지 않은가).

인터넷 작명에 깊이 빠져 있을 당시, 이 땅의 유명한 이들의 이름을 줄줄이 테스트해 보기도 했는데, 잘나가는 배우인 누구도, 겉으로는 남부럽지 않은 삶을 살았던 누구누구도 성명학적으로는 거의 빵점에 가까운 이름을 갖고 있었드랬다(부끄럽다. 너무 열심히 공부했다).

칭찬은 '개명 오덕'도 춤추게 한다. 일본에 있을 때 한자로 이름을 적어 주면 몇몇 친절한 이들이 말했었다.

"이름이 매우美 기쁘다喜는 뜻이네요. 참 좋아요."

무엇보다 나의 과거와 현재를 속속들이 아는 친구의 한마디가 결정적이었다.

"친구야. 너의 현재를 보아하니, 일도 연애도 잘 안 풀리는 게 평범함과는 거리가 먼 것 같구나. 이름 바꿀 생각일랑 말고 이름만큼만 무난하게 살아 보는 게 어떠하겠니."

그리하여 팜므파탈은 불가능한 내 이름, 그냥 애용하기로 했다. 가능하다면 영희답게 동글동글 포근포근 별일 없는 느낌으로 한평생 사는 것이 어쩌면 진짜 행운이지 않겠는가, 생각하면서.

응답하라 빠순이 파워

기자가 된 건 8할이 '팬심'이다. 중학교 3학년 겨울방학, '오빠'가 연예계 활동을 접고 유학을 떠난다는 청천벽력 같은 소식이 들려왔다. 그를 배웅하기 위해 태어나 처음으로 김포공항에 갔더랬다(인천공항 생기기 전이다).

출국장 폴리스 라인 밖에 몰려든 팬들 속에서 한마음으로 발을 동동 구르던 중, 거침없이 오빠에게 다가서는 한 무리의 사람들이 포착됐다. 자연스레 오빠와 인사를 나누며 사진을 찍어대는 그들, 기자였다. 포장해 간 선물(오빠가 좋아하는 소주 몇 병과 안주 꾸러미라는 찰진 선물이었다. 그러나 무거웠다)을 그대로 들고 돌아오던 버스 안에서 결심했다. 기자가 되리라.

늘 신기한 사람들이 있다. "태어나서 연예인을 한 번도 좋아해 본 적이 없다"고 말하는 이들이다. 어떻게 그럴 수가 있지? 어떻게 연예인을 좋아하지 않고 사춘기를 견뎌낼 수 있냐고? 초등학교 고학년부터 차곡차곡 빠순이 이력을 쌓아 온 사람으로선 쉽게 이해할 수 없는 경지다. 이성과 세상에 대한 관심이 마구 솟구치던 나이, 그러나 일상은 학교 아니면 집뿐이었던 시절에, 텔레비전이나 영화 속 빛나는 그와 그녀들은 한없는 매혹이었다.

영화를 한 편 보고 나면 바로 남자 주인공에 빠져들었다. 그중에는 〈록키〉 시리즈의 근육 덩어리 실베스타 스탤론도 있었고, 훗날 코믹 캐릭터로 변신해 짙은 안타까움을 안긴 〈행복은 성적순이 아니잖아요〉의 김보성도 있었다. 〈담다디〉의 이상은 언니에 빠졌을 땐 그녀가 나오는 가요 프로그램을 놓쳤다고 엉엉 울다가 엄마한테 등짝을 처맞기도 했더랬다.

본격적인 팬질의 길로 들어선 건, 앞에 등장한 오빠부터였다. 당시 한창 주목받는 신예 배우였던 그는 인기 라디오 프로그램을 진행하고 있었는데, 유머 감각이 발군이었다. 같이 방을 쓰던 언니는 이문세의 〈별이 빛나는 밤에〉 애청자였기에 매일 밤 10시가 되면 둘 중 한 사람은 헤드폰을 쓰고 각자 라디오에 빠져들었다. 오빠 기사가 나온 스포츠신문이나 잡지를 열심히 사모았고, 그가 진행하는 라디오의 공개방송이 있는 날이면 1호선 전철을 타고 서울로, 서울로 향했다. 어떤 주말에는 그가 살고 있다는 광명의 주공아파트를 찾아가 하릴없이 서성이기도 했다. 그곳에서 오빠를 본 적은 없다. 다만, 같이 기다리던 팬들이(그리 많지는 않았다) 그 아파트로 들어가는 나이 지긋한 아저씨를 보고 "오빠네 아버지인 것 같다!"고 해서 괜스레 (시아버지라도 만난 양) 흥분했던 기억.

몇 년 전 큰 인기를 모은 〈응답하라 1997〉은 그 시절의 나를 떠올리게 하는 드라마다. 물론 드라마에 나오는 아이돌 팬들은 나보다 조금 어린 세대다. 한국에서 아이돌 팬 문화가 형성된 건 1990년대 초반, 서태지와 아이들부터였고, 1990년대 후반 H.O.T 와 젝스키스 등이 등장하면서 본격 궤도에 올랐다. 조직적인 팬클럽 활동도 이 무렵 시작된다.

아이돌 팬 문화가 한창 꽃피던 그때 이미 대학생이 된 나는 뉴 키즈 온 더 블록의 조던 나이트를 마지막으로 팬녀의 생활을 접고, 음주가무의 대학 생활을 만끽하는 중이었다. 지금 생각하면 조금 일찍 태어난 게 정말 다행이 아닐 수 없다. 딸의 중대한 약점을 일찌감치 간파한 나의 모친께서 일갈하신 바, "네가 저 시절에 중고딩이었으면, 너는 아마 (팬질하느라) 대학도 못 갔을 거다."

'빠순이'라는 말이 생기기도 전, 외로운 팬녀의 길을 꿋꿋이 걸어갔던 한 사람으로서, 〈응답하라 1997〉이 팬심의 긍정적인 측면을 처음으로 부각시켰다는 사실을 높이 평가하고 싶다. 주인공 시원은 H.O.T 토니의 팬으로, 오빠를 보기 위해 부산에서 상경해 오빠의 집 앞을 지키는 열혈 빠순이. 반에서 꼴등하던 시원이는 아이돌 멤버들을 주인공으로 한 팬픽Fan+Fiction을 쓰다가 창작의 재능을 발견하고 작가가 된다.

오빠를 가까이에서 보겠다는 일념으로 기자의 꿈을 키웠던 나를 포함해, 이런 사례는 수없이 많다. 명문대 철학과에 다니던 가수 신해철을 동경해 철학과에 가더니 박사까지 따버린 친구(친구야, 너무 멀리 간 거 아니니), "오빠들에게 저런 옷을 입히는 걸 참을 수 없다"며 패션에 탐닉하다 디자이너가 된 친구 등등. '오빠에 대한 사랑'이라는 강렬한 열정 속에서 하릴없이 헤매다가, 자기가 좋아하는 게 무엇이며 어디로 가고자 하는지를 깨달은 바람직한 사례들 말이다.

그러니 부모님들, 자녀가 아이돌에만 빠져 있다고 너무 걱정하지 마시길. 오히려 "뭘 하고 싶은지 모르겠다"는 아이에겐 "팬질한번 해보렴" 권하는 것도 한 방법이겠다. 단, 부작용은 늘 따르는 법. 손에 잡히지 않는 존재를 동경하고 탐닉하는 빠순이 기질도 어쩌면 타고난 것이라, 한 번 팬질에 열을 올렸던 이들 중에는 어른이 되어서도 대상을 바꿔가며 끝 모를 팬질의 외길을 걷는 경우가 적지 않으니. 어느 덕후께서 남기신 명언처럼, "휴休덕은 있어도 탈脫덕은 없다."

뒷이야기가 있다. 기자가 되고 얼마 지나지 않아, 진짜 드라마처럼, 오빠와 만나게 된다. 그때 나는 사회부 수습기자 생활을 마치고 막 문화부로 발령이 나 방송담당을 하고 있었다. 여느 날처럼 출근해 다음 날 신문에 실릴 TV하이라이트를 열심히 쓰고 있는데, 어떤 남자가 등 뒤에서 불쑥 나타나 내 옆 선배 자리를 가리키며 물었다.

"여기가 영화 담당 오○○기자 자리 맞죠?"

오! 마이! 갓! 그에 대한 팬심이 정지된 지 10여 년도 넘었는데 목소리만 듣고 알았다. 아, 오빠구나… 순간 온몸에 마비 증상. 가까스로 고개는 돌렸으나 눈도 마주치지 못하고 겨우 쥐어 짜낸 쉰 목소리로 속삭였다.

"네, 맞아요."

신작 영화 인터뷰를 하러 신문사를 찾아온 오빠는 (스스럼없게도) 털썩 내 옆자리에 앉아 선배를 기다렸다. 실제로는 2~3분에 불과했을 그 동안이 안절부절못하던 나에겐 헤아릴 수 없이 아득하게만 느껴졌더랬다. (드라마라면 이와 같은 극적 재회는 사랑을 예고하건만 현실은… 그는 이미 두 아이의 아빠였다.)

이후 그를 직접 인터뷰할 기회가 찾아왔다. 그날 아침, 나의 과거를 속속들이 아는 엄마와 언니가 더 흥분했다. "꿈을 이뤘구나, 장하다." "그런데 아직도 떨리니?" 이 인터뷰에서 나는 왕년에 그의 열혈 팬이었음을 밝혔고, 그는 지나치게 감격했다. 함께 출연한 후배 배우에게 "이 기자도 내 팬이었다잖아. 나도 예전엔 청춘스타였다니까"라며 한껏 들떠 떠벌렸다.

덕분에 인터뷰는 화기애애하게 끝났으나 나는 왠지 마음이 짠했다. 별은 그냥 별로 남겨 두는 게 좋았을지도. 하지만, 내 꿈의 시작과 함께한 반짝이던 오빠는 이제 조금 뒤떨어진 유머 감각의 중견배우가 되었지만, 난 여전히 그를 응원한다. 그가 출연한 영화는 지금도, 무조건, 꼭꼭, 극장에서, 두 번씩, 챙겨 보고 있다는 게 그 증거다.

오늘도 여전히 후회 중

일본어를 막 배우기 시작했던 때 꽂혔던 단어가 '마에무키前向き'다. 앞을 향하는, 긍정적인, 적극적인 태도를 뜻하는 이 단어를 발음해 보면, 뒷골을 끌어당기는 과거의 찌질함을 떨치고 단호히 앞을 향해 걸어가는 누군가의 모습이 그려진다. 항상 그렇게 살고 싶었다. 지나간 일은 지난 일일 뿐, 후회 같은 건 하지 않아, 라는 쿨한 태도로.

하지만 알고 있다. 난 그런 말을 할 수 없는 종류의 인간이란 걸. 마에무키라는 단어에 그토록 집착했다는 사실이야말로, 나 자신이 실로 어마어마한 '우시로무키後ろ向き, 소극적인, 퇴행의, 뒤돌아보는'형 인간임을 보여 주는 증거일 테니까.

잠이 오지 않는 밤엔 어김없이 우시로무키 중이다. 아, 그때 그랬어야만 했는데, 그때 그러지 않았으면 얼마나 좋았을까… 사소하게는 얼마 전 놓쳐 버린 '급만남'의 기회. 파리 출장 중 건축가 르코르뷔지에의 빌라 사보아Villa Savoye에서 만났던 선한 인상의 그 남자. 비가 부슬부슬 내리는 주말이라 한적하던 파리 교외의 자그

마한 집에서 계단 모퉁이를 돌 때마다 자꾸 그와 마주쳤다. 눈길이 부딪히면 쑥스러운 듯 호기심 어린 미소를 지어 보이던 그. 아, 그때 자연스럽게 말을 걸었어야 했는데… 대체 왜 그러질 못했나. 나의 용기 없음과 짧은 영어 실력을 원망하고 또 원망해 본다. (이런 나의 이야기를 들은 여러 친구들이 지적한 바, 그가 먼저 말을 걸지 않았다는 것 또한 명백한 사실이지만, 신경 쓰지 않으련다. 그도 나처럼 그저 용기가 없었을 뿐이라니까!)

결코 사소하지 않았을지 모르는, 수많은 선택의 순간이 있었다. 그때 그 회사를 그만두지 않았더라면 나는 지금보다 훨씬 멋진 커리어우먼이 되어 있지는 않을까. 다시 찾아온 그 애를 매몰차게 거절하지 않았더라면 지금쯤 알콩달콩 행복한 가정을 꾸린 아낙네가 되어 있지 않을까. 큰 결심을 하고 떠났던 일본에서 돌아오지 않았더라면, 지금쯤 네이티브 수준으로 일본어를 구사했을 텐데. 뒤돌아봐야 소용없다는 걸 알면서도, 떨쳐 버리는 게 낫다고 스스로를 달래고 또 달래 봐도, 지긋지긋하게 달라붙는 후회막급의 순간들. 그때 다른 선택을 했더라면 지금의 내가 조금은 더 만족스럽게 바뀌어 있지 않을까, 미련으로 버무려진 기억들이다.

영화 〈어바웃 타임〉에 그토록 열광했던 건, 이 영화가 나처럼 생각이 자꾸만 과거로 향하고 마는 사람들에게 전하는 위로처럼 느껴져서다. 스무살이 되는 날, 시간을 되돌려 과거로 돌아갈 수 있는 남다른 능력이 자신에게 있음을 알게 된 주인공 팀. 벽장이나 화장실에 들어가 주먹을 쥐고 돌아가고 싶은 순간만 떠올리면 된다니, 방법 참 간단하다. 20여 년간 큰 어려움 없이 살아온 청년이 바라는 것은 오직 사랑뿐. 여자 앞에서 어설픈 행동으로 기회를 날렸던 순간을 리플레이, 굴욕으로 얼룩졌던 연애사를 만회해보기로 한다.

그러나 당연히 일은 순탄하게 흘러가지 않는다. 주인공은 시간 이동 능력을 이용해 첫눈에 사랑하게 된 메리와 맺어지지만, 다른 상황이 미묘하게 꼬이고 만다. 가족에게 닥치는 불행을 막아보려 시간 여행을 하고 나면, 현재의 인생이 예상치 못한 방향으로 어그러져 있다. 그리하여 영화는 이런 질문을 던진다. 후회로 얼룩진 순간을 되돌릴 수 있다면, 보다 완벽한 인생이 가능할까.

후회는 영혼을 갉아먹는 병이라고들 한다. 하지만 과거를 돌아보는 행위 자체는 어쩌면 인간의 본능이자 중요한 임무일지도 모른다. 지금의 나란 어차피 과거의 나, 과거에 내가 했던 수많은 선택이 모여 만들어진 것이므로. 그 시절을 돌아보지 않으면 지금의 나를 설명할 길이 없다. 재일한국인 학자인 강상중 교수가 《살아야 하는 이유》라는 책에서 말했던 것처럼. "분명한 것은 과거는 신도 바꿀 수 없을 만큼 확실한 것이라는 점입니다. 극단적으로 말하면 '내 인생'이란 '내 과거'이니, '나는 과거로소이다'라고 해도 좋습니다."

그러니 애써 과거를 곱씹지 않겠다고 결심할 필요는 없을지도 모르겠다. 나도 모르게 씽긋 미소를 짓게 만드는 것이든, 자다가도 왈칵 이불을 박차게 만드는 것이든, 나의 선택으로 이루어진 내 과거를 받아들이고, 그 시간 동안 분투해 온 나 자신을 인정할

것. 그리고 더 좋은 과거를 만들기 위해 오늘을 소중히 하며 살아
갈 것.

〈어바웃 타임〉의 결론이 매혹적인 것은 이런 메시지를 너무
아름답게 담아냈기 때문이다. 과거로 갈 수 있는 능력을 사용해
여러 번 시간을 되돌려보았으나 언젠가부터 그 능력을 쓰지 않게
된 팀의 아버지는 후회의 순간을 되돌린다 해서 인생이 바뀌진
않는다는 사실을 아는 사람이다. 인생은 사소한 행동과 선택 들이
모여 만들어지는 것이므로, 잘못된 붓질의 흔적 하나를 지우고 새
롭게 칠한다 해도 그림 전체의 가치는 바뀌기 힘들다. 그런 깨달
음으로 아버지는 아들에게 이런 조언을 한다.

"선택을 되돌리려 하지 말고, 특별할 것 없는 너의 하루를 한
번 더 살아 보렴."

처음 경험하는 하루는 늘 그렇듯 피곤함과 무표정, 자잘한 스
트레스로 채워진 시간이다. 하지만 오늘도 여느 날과 크게 다르지
않음을 알고 시작하는 두 번째 하루, 팀은 짜증스러운 순간에도
동료에게 농담을 던지고 매일 아침 만나는 커피숍 점원에게 환한
미소를 건넬 수 있게 된다. 인생의 대부분은 딱히 리플레이할 이
유 없는 이런 소소한 하루하루로 채워지니, 주어진 순간들을 유쾌
하게 즐기며 돌파하는 것만이 최선이 아닐까.

을로 사는 법

대학 졸업 후 잠시 광고 회사에서 일한 적이 있다. 광고 회사라면 스타일리시한 차림새의 사람들이 회의실에 모여 기발한 아이디어를 쏟아내고, 연예인 모델들에게 이런저런 호통을 치며 스튜디오에서 멋들어진 광고를 촬영하는 모습을 상상하지만, 설마 그런 게 현실일라고.

AE로 입사했는데 AE가 무엇을 하는 사람인지 첫 출근 전까지 전혀 몰랐다. 깨닫고 보니 영업직이었다. 회사에서 만든 광고를 기업에 파는 역할. 치열한 아이디어 회의를 거쳐 광고 시안을 만들어 경쟁 PT에서 멋지게 발표하는 역할도 있었지만, 이는 AE가 하는 일의 아주 작은 부분이었다(게다가 엄청 피 말리는 일이기도 하고).

우리 팀이 담당한 광고주(흔히 '주님'으로 불린다)는 중간 규모의 식품 회사, 그리고 작은 액젓(김치에 넣는 그것) 회사 등등이었다. 주로 하는 일은 잡지 광고나 행사 전단지, 제품 패키지에 붙일 스티커, 고객 감사 대축제용 광고판 등등을 만들어 광고주 회사의 담당자에게 보여 주고, '글씨체가 맘에 안 든다'거나 '색이 칙칙하다' 등의 피드백을 받아 시안을 고쳐 주는 일. 짜증을 내시면 비위를 맞추고, 필요한 자료를 요구하시면 자료를 만들기도 하고, 광고 관련 일이 아니더라도 행사가 있으면 달려가고, 행사가 아니더라도 부르면 달려가고, 정기적으로 술집에서 접대를 하고, 그런 것들이었다.

어떤 AE는 광고주의 개인적인 심부름을 하거나 대학원 논문을 대신 써 주거나, 주님의 자녀 분들 숙제를 해 주는 경우도 있다고 했다. 아 뭐야, 이런 거였어? 월급과 맞바꾼 세상 대부분의 일들이 실은 잡스럽고 비굴한 수백만 개의 그렇고 그런 업무들 속에 짜릿한 기쁨이나 뿌듯한 성취의 순간이 가뭄에 콩 나듯 숨어 있는 것이란 사실을 모르던 때였다.

경험했다고 하기도 민망할 만큼 잠시 머물렀던 그곳에서 나는 소위 '갑'과 '을'이 무엇인지를 처음 알았다. 간단히 말하면, 사회생활에서 '부르는 이'는 갑이요, '달려가는 이'는 을이다. 나는 누구, 여긴 또 어딘가를 자주 고민했던 신입 사원에게 광고계 경력 십몇 년차의 당시 상사는 그저 경이로운 존재였다.

그분은 을의 '알파요 오메가'라 일컬어 마땅하였다. 광고주의 어떠한 무리한 요구에도 유쾌한 웃음으로 유연하게 대처해 내는 그의 모습은 존경스러움을 넘어 신비로움까지 자아냈다. 그래서 나는 자주 그분께 물었던 것 같다. "힘들지 않으세요?" 그러던 어느 날, 그분께 메모 하나를 받았다. '을로 사는 법'이란 제목의 글이었다. 구체적인 내용은 기억에서 사라졌지만, 잊히지 않는 구절이 있다.

"업무상 을로 살아가는 나와 '진짜 나'를 혼동하지 말 것."

한국에서 〈직장의 신〉이란 제목으로 리메이크된 일본 드라마 〈파견의 품격〉의 주인공 오오마에는 이런 원칙을 누구보다 잘 지키며 살고 있는 인물이다. 다니던 은행이 통폐합된 후 정리 해고를 당한 그녀는 파견 회사 직원으로 98번이나 직장을 옮겨 다녔다. 파견 사원은 회사 내에서도 '을 중의 을'이지만 그녀는 괜한 자존심 같은 걸 내세우지 않는다. 수많은 자격증과 뛰어난 실력을 가졌지만 정규직 직원들과의 승부에서는 그들에게 져 주기도 하는데 "자존심보다 파견직을 지키는 게 더 중요하기" 때문이다. 회사는 일을 하는 공간일 뿐이므로 쓸데없는 인간관계는 만들지 않는다.

물론 이 드라마는 '사회생활 판타지'다. 오오마에가 회사에서 기죽지 않고 일할 수 있는 것도, 한국판 드라마에서 미스 김이 회식을 거절하며 "그건, 제 업무가 아닙니다"라고 외칠 수 있는 것도, 모두 다 그녀들의 출중한 능력 때문이니까. "불경기가 100년 계속돼도, 일본 회사가 전부 쓰러져도 나는 끄떡없다. 파견 사원이 믿는 것은 시급과 나 자신뿐이다." 이렇게 말할 수 있는 파견직이란 그야말로 드라마에서나 가능할 얘기니까.

다른 한편, 다들 갑이 되고자 한다지만, 실은 을로 사는 게 편한 성격의 사람들도 꽤 있을 거라 생각한다. 마쓰야마 하나코의 만화 《잘해주지 마!》의 주인공 유이치를 보면서 나는 (내용과는 아무 상관없이) 갑을 관계를 떠올렸다. 그는 타고난 소심함과 상냥함으로 누구에게나 친절을 베푸는 '천사표'다. 혹시라도 자신 때문에 상대의 마음이 상할까, 고민하고 또 고민한다. 말하자면 선천적으로 을에 더 걸맞은 성격인 것이다.

그런데 그의 지나친 배려는 본의 아니게 상대방에게 묘한 '뒤끝'을 남긴다. 업무에 서툴러 야단을 맞는 후배를 감싼다며 그는 후배를 대신해 모두에게 항변한다. "모리가 열심히 한다는 건 보면 알잖아! 의욕은 있지만 능력이 따라 주지 않는 것뿐이야!" 프로젝트의 성공을 직원들의 노력과 팀워크 덕으로 돌리는 사장님께는 공손히 답한다. "아닙니다. 그럴 리가요. 저희의 원안은 흔적조차 없는데요 뭘." 이런 식이다. 그래서 한국판 단행본에는 이런 해설이 붙었다. "유이치, 그가 베푸는 것은 친절인가, 빅엿인가?"

유이치는 언제나 을의 입장에서 모두를 대하려 하지만 결과적으로 그의 행동은 자꾸 '갑질'이 되어 버리는 셈. 우리 주위에도 한 명쯤은 있을 법한, '한없이 착한데 왠지 민폐'인 캐릭터를 주인공으로 하여 소소한 에피소드를 이어 가는 작가의 센스가 놀라운 작품이다. 만화가 마쓰야마는 남자들 사이의 사랑을 그린 'BLBoy's Love물'로 유명한 작가인데, 그동안의 작품에서 살짝 보여 줬던 독한 개그 감각을 이 작품에서 제대로 펼쳐 보인다.

사회생활 연차가 쌓여 가면서 깨달은 바, 언제나 갑인 인생은 없는 것 같다. 주로 갑의 위치에 있는 업무를 하게 되더라도, 상황에 따라 을이 되기도 하고 병이 되어야 할 때도 있다. 더구나 요즘 같은 불안한 시대에는 갑이건 을이건 '이번 달도 무사히' 버텨 내는 것만도 쉽지 않다.

사실 을로 사는 법은 한 가지가 아닐 거다. 오오마에나 미스김처럼 실력으로 무장한 당당한 을이 된다면 최고다. 그럴 수 없다면(당연히 대부분의 사람들은 그럴 수 없다) 나의 옛 상사의 조언처럼 '일 터에서의 나'와 '내 인생의 영원한 갑인 나'를 구분하는 균형 감각을 갖출 필요가 있겠다. 그리고 그 둘 다 쉽지 않을 땐 우리의 '민폐남' 유이치 군에게 힌트를 얻어 보는 건 어떨까. 프로젝트 실패의 책임을 지고 회사를 떠나려는 부장에게 달려가 그는 애원한다.

"부장님! 그만두신다니 말도 안 됩니다. 혼자서 회사를 움직여왔다고 생각하신다면 오산입니다!"

듣는 갑에게 '어쩐지 언짢지만 반격하기 힘든데?'라는 느낌을 갖게 만든다면, 그래서 "나한테 제발 잘해주지 마!"라는 반응을 끌어낸다면, 성공이다.

신촌을 못 가

슈퍼스타K라는 오디션 프로그램을 보다가 한 참가자가 부르는 〈신촌을 못 가〉를 처음 들었다. 원래는 포스트맨이라는 가수가 부른 노래라 한다. 사랑하는 사람과의 추억이 너무 깊게 새겨져 있어 신촌을 가지 못한다는, "혹시 너와 마주칠까 봐, 널 보면 눈물이 터질까 봐, 친구들이 한잔하자고 또 꼬시며 불러대도 난 안 가 아니 죽어도 못 가." 울부짖는 슬픈 이별 노래다. 가사를 들으면서, 아, 이런 노래 내가 먼저 만들 수 있었는데! 아쉬워했다.

서울에서 이십대를 보낸 사람치고 신촌에 연애의 흔적 하나 안 남긴 이가 있겠는가마는, 나 역시 꽤 오래 신촌을 가지 못했다. 꼭 가야 할 일이 있어 지날 땐 눈을 아래로 내리깔고 바쁜 일이라도 있는 사람처럼 재빠르게 걸었다. 노래 가사처럼 "너도 어디선가 나처럼 울까 그런 너를 마주칠까" 두려워 못 간 건 아니고(설마 울기야 하겠는가). 함께 다니던 식당이나 술집이 빽했던 관계로, 근처를 지나다 혹시 마주치는 사태가 벌어지지 않을까 싶어서, 반가운 척을 할 수도 모른 척을 할 수도 없는 어색한 상황을 만들고 싶지 않아서였다.

"데려다 주던 아쉬워하던 막차 버스 안에서 우리 좋았지 우리 너무 좋았지" 같은 달콤한, 절절한, 애달픈 기억도 있고. 아 그때 저기서 미친듯이 싸웠는데 왜 싸웠지 싶은 민망한 추억의 장소도 있고. 아무튼 가지 않는 것이 상책이라며 피하다 보니 신촌의 아는 밥집, 술집이 하나둘 사라졌고, 그러니 더욱 갈 일은 없어지고, 결국 자연스레 발길을 끊게 되어 버렸다.

옛 연인과 우연히 길에서 마주쳤을 때 사람들은 과연 어떻게 행동할까 늘 궁금했다. 헤어진 직후 여자들의 결심은 대략 비슷할 것이다. "산뜻하게 머릴 바꾸고 정성 들여 화장도 하고 우연히라도 널 만나면 눈이 부시게 웃어 주며 놀란 니 모습 뒤로한 채 또 각또각 걸어가려 해." 에일리의 노래 〈보여줄게〉다. 헤어진 그 사람에게 완전히 달라진 나, 훨씬 더 예뻐진 나를 보여 주고야 말겠다는 다짐.

그런데 또 인생이 그렇게 계획대로 될 턱이 없다. 하여, 이런 식이다. 늦잠을 자 화장도 못 하고 아무 옷이나 걸쳐 입고 급하게 뛰어나와 하루 종일 찜찜한 기분이었던 어느 날 퇴근길에. 혹은, 주말 떡진 머리에 야구모자 하나 눌러쓰고 편의점에서 구입한 컵라면과 소시지가 든 검은 **비닐봉지** 털레털레 흔들며 돌아올 때. 이런 때가 구남친과 마주치게 되는 비운의 타이밍. 너무나 추레한 모습을 그가 미처 알아보지 못하고 지나쳐 주길 간절히 바라 보지만, 그사이 라식 수술이라도 했는지 저 멀리서부터 알아보더라.

나 역시 몇몇 시나리오를 생각해 두기도 했으나, 그대로 흘러간 적은 없다. 가령 A군. 둘 다 아는 친구의 결혼식에서 예상했던 대로 그와 마주쳤다. 결혼식 하객이니 화장도 차림새도 괜찮았고, 환하게 웃으며 자연스럽게 인사만 건네면 되겠구나 싶었다.

식이 끝나고 피로연장으로 향하는 복도에서 마주쳤다. 웃음을 지으며 입을 열려는 찰나, 그가 내 시선을 황급히 피했다. 나와는 다른 선택, 즉 '모르는 척하기'를 택한 것이다. 피로연 자리에서도 근처 테이블에 앉아 있었지만, 줄곧 투명인간 취급이다. "쟤가 아직 정리가 안 되었나 보다. 이해해"라고 친구들은 위로했지만 꼭 저렇게까지 해야 하나 싶었다.

냉정한 무시도 마음 상하지만, 그 반대의 경우도 유쾌하지 않긴 마찬가지다. 가령 B씨. 대로 한복판에서 긴 세월 술친구라도 만난 듯이 큰 소리로 반갑게 부른다. 우리 사이에 무슨 일이 있었냐는 듯, 언제라도 만나서 술 한잔할 수 있는 사이 아니었냐는 듯 정겨운 말투. "야~ 너무 반갑다. 잘 지냈지? 언제 밥 먹어야지" "너 회사 옮겼다며? 잘나가는구나!" 한 대 쥐어박고 싶은 명랑함이다. 저건 철저한 리허설을 거친 연기일까, 아니면 진짜 기어코 완벽한 반가움의 표현일까. 당황하면 지는 거다, 마음을 다잡고 상대의 박자를 맞춰 준다. "그럼, 잘 지내지. 다음에 한잔해." "그러게. 내가 좀 일을 잘하잖아. 호호." 그러고서 돌아서는 길, 우리 지금 뭐 한 거니. 발연기 대결도 아니고.

그렇다고 아련한 표정으로 말끝마다 "그때 좋았는데…"를 읊조리는 사람, 더 나쁘다. 가령 C오빠. 회사로 불쑥 전화를 걸어와

선 인터넷으로 검색해 어느 회사에 다니는지 찾아냈다며 근처에
왔으니 한번 보자 한다. 밥을 먹고 술을 마시고, 이런저런 옛날이
야기를 하며 함께 웃고, 아 이래서 이 사람이 좋았었지, 살짝 센치
해지려는 순간, 그가 말한다.

"나, 다음 달에 결혼해. 그 전에 한 번 만나고 싶더라."

오 마이, 그런 중요한 얘기는 처음에 좀 해 주면 어떻겠니. 그
런 날엔 직업 선택을 후회하기도 한다. 연애가 끝난 후엔 상대방
이 절대 찾지 못하는 곳으로 흔적도 없이 사라지고 싶었지만, 안
되는 일이다. 인터넷 기사 검색 몇 번만 해 보면 요즘 어느 회사
무슨 부서에 있는지, 누구를 만나고 다니는지, 어떤 영화와 어떤
책을 보며 사는지 금방 알아낼 수 있으므로(뭐 열심히 뒤지실 거라 생각
은 안 합니다만). 때로는 노화를 있는 그대로 보여 주는 사진까지 뙇!

당분간 문밖 한 걸음이라도 나설 땐 반드시 풀메이크업을 장
착하리라 결심했으나, 또 예기치 않은 순간 그와 맞닥뜨리고 말았
다. 좋아하던 선배가 갑자기 세상을 떠났고, 문상을 가서 한바탕
울음바람을 하느라 화장은 번질 대로 번졌고, 우울한 마음을 달래
려 장례식장 인근 술집에서 사람들과 한잔한 후라 얼굴은 불타오
르는 중이었다.

횡단보도 앞 정류장에서 버스를 기다리고 있는데 건너편에 서
있는 그와 눈이 딱 마주쳤다. 아담한 체구의 어떤 여자와 함께, 무
슨 재밌는 이야기를 나누는 중인지 환하게 웃고 있었다. 아는 척
을 해야 하나, 못 본 척하는 게 나을까, 잠시 머리가 하얘졌다. 다
행히 횡단보도의 불이 초록색으로 막 바뀌려는 순간 버스가 도착

했다. 번호도 보지 않고 재빨리 버스에 올랐다. 창밖은 내다보지 않았다.

집에 돌아와 잠들 때까지 열 번쯤, 웃고 있던 두 사람의 모습이 떠올랐다. 조금 아팠다. 하지만 오래 뒤척이지 않고 잠들 수 있었다. 아침에 일어나니 '그 사람, 웃고 있으니 다행이구나' 싶었다. 다음에 마주칠 땐 나도 있는 힘껏 웃어 주리라. 화장도 좀 제대로 하고.

내친 김에 앞으로는 신촌도 종종 가 볼까 한다. 오랜만에 뒷골목도 좀 거닐고, 축 처질 때 먹으면 정신 확 나는 불닭이랑 매운 홍합도 먹어야겠다. 그 가게들은 아직 남아 있으려나.

언젠간 최선을 다해야 하리

"사주가 게을러."

점집 순례에 심취해 있던 서른 즈음, 서울 북쪽 끄트머리 점집 할머니에게서 이 말을 들었다. 순간 머리를 두둥~ 울리는 깨달음과 함께 "과연 용한 분이시군" 감탄이 터져나왔다. 그래, 이게 다 사주 탓이었던 거다.

학창 시절부터 (주관적으로) 게을렀다. 늘 조금만 더 노력하면 잘할 수 있을 것 같은데, 그놈의 '노력'이란 게 죽어도 되질 않는 거다. 계획표를 만들고 다짐 또 다짐해도, 다짐은 무슨 밀당의 귀재인 양 멀어져가기 일쑤고, 익숙하고 만만한 친구 게으름이 편안하게 주위를 맴돌았다. 꿈은 원대하고, 마음은 이미 대업을 이루고도 남았는데, 몸이 배 째라며 눌러앉아 버티는 느낌?

실은 객관적으로도 게을렀는지 모른다. 회사에 들어가고 나서 선배들에게 가끔 이런 말을 들었으니까. "너는 말이야, 뭔가 5프로쯤 부족해. 조금만 더 열의를 갖고 무섭게 덤벼들면 진짜 잘할 수 있을 것 같은데 말이지. 독기가 없다고나 할까. 안 하는 건지 못 하는 건지… 흠."

만화《아직 최선을 다하지 않았을 뿐》의 주인공 시즈오는 그런 의미에서 존경해 마땅한 선배님이시다. 이혼 후 딸과 함께 아버지 집에 얹혀사는 이 아저씨. 마흔이 넘어 "나 자신을 찾겠다"며 15년간 다닌 회사에 사표를 던진다. 그런데 (남들이 보기엔) 대단한 선택을 했는데, 몸이 따라주지 않는 것은 물론, 재능도 그리 뛰어나지 않다는 걸 뒤늦게 실감한다.

연륜을 무기 삼아 그동안 삶에서 얻은 깨달음을 만화로 펼쳐 보이겠노라 다짐하지만, 흰 종이를 마주하고 앉으면 "그릴 게 없구나" 한숨만 나온다(이 대목에 진심으로 공감하는데, 워드프로그램을 열어놓고 "쓸 게 없구나" 절망하는 요즘의 내 모습이 겹쳐져서다). 노력은 해야겠지. 안다. 근데 잘 되지 않고, 패스트푸드점에서 띠동갑도 넘게 어린 점장에게 지시받으며 일하는 시간을 제외하면, 누워서 게임을 하거나 집 근처를 어슬렁거리는 일상.

루저를 주인공으로 한 수많은 만화가 있지만, 시즈오 아저씨는 그 한심함에 있어 '갑 중 갑'이다. 나는 도대체 왜 이러나, 절망에 빠지고도 남을 상황인데 대책 없이 긍정적이라 주변 사람들의 뒷골을 당기게 한다. 공모전에서 번번이 떨어지면서도 태연하게 "나는 대기만성, 대기만성" 주문을 외고, 사십대 아저씨가 미팅에 나가 스물세살 아가씨에게 "진짜 열심히 해야 되지 않을까요?"란 충고를 듣고 돌아와서는 "괜찮겠습니까? 최선을 다해도"라며 허세를 부린다.

그러나… 그동안 발휘하지 못했던 뛰어난 실력 따윈 없는 데다 악바리 기질마저 전무하니, 또 금세 종이를 내던지고 모로 누워 "슬럼프에 빠졌다"를 외쳐 버리는 그. "생각을 안 하는 건가요? 장래에 대해서"라는 아르바이트 후배의 질문에 그는 이런 무시무시한 명답을 내놓는다. "당연하지. 무서워서 생각할 수 없어."

낭중지추(囊中之錐, 주머니 속의 송곳)라는 사자성어를 어디선가 주워듣고, '그래 이 말이야' 하며 수첩에 적어 놓은 기억이 있다. 덩샤오핑이 말했다는 도광양회(韜光養晦, 칼날의 빛을 감추고 어둠 속에서 힘을 기른다)도 좋았다. 지금 생각해 보면 '앗 나도 이런 존재가 될 테야'라며 수첩에 한자를 적고 있던 이십대의 내 모습이 그저 귀엽게 느껴질 뿐이다. 현재는 아무도 나를 알아주지 않지만, 나는 뾰족한 송곳이니 언젠가는 주머니를 뚫고 나갈 거라고 믿었(다기보다는 믿고 싶었)던 것이겠지.

그런데 이놈의 송곳은 왜 점점 무뎌지기만 하는지, 왜 뚫지를 못해, 왜, 왜! 여전히 주머니 속에서 헤매고 있는 나를 목도할 때마다 실망스러웠지만, 인정해야 했다. 30년 넘게 다짐해도 잘 안되는 걸 보면 이것이 나의 최선이며, 이제는 슬슬 그걸 인정해야 할 때가 다가오고 있다는 사실을.

《아직 최선을 다하지 않았을 뿐》의 주인공 시즈오 아저씨도 결국 그 사실을 알고 있어서, 그래도 계속 나아가기 위해서는 스스로의 등을 두드리는 격려가 필요했기에 "인생 300년"이라는 말도 안 되는 상상을 하고 마는 것인데… "인생이 80년이라면 견딜 수 없지. 수명이 300년이라고 상상한다면 인생은 장밋빛. 뭐, 까

짓것. 괜찮아, 괜찮아. 이제 258년 남아 있는걸." 그리고 책상 앞에 앉아 다시 한 번 귀엽게 힘을 내 본다. "힘내라. 부탁한다, 의학이여!!"

하지만 분명한 것, 그리고 무엇보다 중요하다고 생각하는 것은, 이 아저씨가 헤아릴 수 없을 만큼 실패를 거듭하면서도, 계속해서 무언가를 그리고 있다는 사실이다. 만화가로 각광받을 날이 찾아올지 어떨지는 모르지만, 그건 내 소관 밖이고, 나는 어쨌든 계속 그린다, 하는 태도. 그리고 사실 그에게 실패는 삶을 더 이상 돌이킬 수 없는 나락으로 떨어뜨리는 그 무엇도 아니다.

"중년의 절반(이 퍼센티지는 점점 늘어나 마지막 권에 가면 95프로에 도달한다)은 실패로 이뤄져" 있으니까, 그동안 쌓아 온 '실패의 역사'는 신기하게도 새로운 실패의 충격을 완화시켜 주니까, 나이를 먹는다는 건 끔찍하지만, 또 그렇게 끔찍한 일만은 아닐지 모른다.

만화에는 주인공이 그린 '만화 속 만화'가 여러 편 등장하는데 그중 가장 맘에 드는 작품의 제목은 이거다. 〈나에게는 지켜야 할 나만의 잉여로움이 있다〉 사주가 게으른 사람으로서 당당히 단언하건대, 이것은 매우 중요하다. 노력만, 자존심만, 1등만… 세상 사람들이 칭송하는 그 무엇만 지켜야 하는 건 아닐 거다. 다른 사람들의 페이스에 말려들지 않으며, 나답지 않게 무리해서 스스로를 망치지 않으며, 지칠 땐 나만의 잉여로움 안에서 쉬어 가며, 도움이 필요하면 도움을 요청하며, 그렇게 계속 살아가는 것. 시즈오 선배님이 말씀하시는 인생을 사는 방법, 이 정도라면 도전해 볼 만하지 않은가.

하여, 나 또한 천성을 거슬러보리라고 죽자 사자 용쓰지 않으며, 내 몫으로 할당된 게으름을 충실하게 누리며, 그렇게 나답게 살아가겠다는 (안 해도 너무 충실히 지켜지고 있는) 다짐을 새삼 굳게 해보는 것이다.

당신의 운을 어디에 쓰시겠습니까

선행이라 하긴 그렇고 몇 가지 버릇처럼 하는 일이 있다. 우선 길을 지날 때 아주머니들이 나눠 주는 전단지는 대부분 받는다. 회사 주변에서 받게 되는 전단지는 '회원 등록시 PT 2회 무료' 등 의 문구가 적힌 헬스클럽 광고가 대부분. 왜 이토록 적극적으로 나의 손에 안겨주시는 거지? 운동이 필요해 보이는 몸매라서인 가. 오해한 적도 있지만 일단 받아 둔다. 아주머니들, 조금이라도 빨리 알바를 마치고 퇴근하세요, 하는 마음에서다.

합정역 7번 출구 계단 아래쪽에서 종종 구걸하는 할아버지를 만난다. 바구니에는 100원짜리 동전이 몇 개 담겨 있다. 추운 날 이나 더운 날 힘겨워 보이는 할아버지 앞을 그냥 지나기가 좀 민 망해 1,000원짜리 지폐 한 장씩 바구니에 넣기 시작한 게 습관이 됐다. 왜 눈치가 보이는지 모르겠는데, 혹시 같이 지나는 사람들 이 볼까 지폐를 4분의 1로 접어 최소한의 동작으로 슬쩍 놓고는 빠른 걸음으로 휘리릭 사라진다.

신촌역 3번 출구에 갈 일이 있을 땐 〈빅 이슈〉란 잡지를 한 권

씩 산다. 노숙자분들의 자력갱생을 돕는 취지로 만들어진 잡지인
데, 꽤 유명한 배우들이 앞다퉈 표지모델을 하고 있어서 5,000원
이 아깝지는 않다. 단, 잡지를 파는 아저씨가 너무 큰 소리로 "감사
합니다"라고 외치서서 숨고 싶은 기분이 되는 건 감수해야 한다.

　사회생활을 십수 년 해온 커리어우먼이라는 자가 하는 일종의
기부치고는 너무 시시하다. 하지만 평소에는 늘 왜 돈이 없을까를
입에 달고 살다가도 이런 분들을 만나면, 너무 나 하나만을 위해
서 살고 있는 건 아닌가, 이러다가는 벌 받겠다는 초딩스러운 반
성을 하고 마는 것이다. 그렇게 아주 조그만 선의라도 저축해 가
면, 언젠가 나에게도 작은 호의나 행운으로 돌아오지 않을까 하는
기대도 있다.

　《중쇄를 찍자》라는 만화를 보다가 잠깐 등장하는 출판사 사장
님의 이야기에 또 감동을 받고 말았다. '중쇄重刷'란 책의 첫 1쇄가
다 팔려 새로 인쇄를 한다는 뜻. 유도선수였던 주인공 쿠로사와가
올림픽 출전에 좌절한 후 만화잡지 편집자가 되면서 중쇄를 찍기
위해 고군분투하는 내용을 담은 뜨거운 만화다.

　쿠로사와는 스포츠 선수로 활동하면서 '운'의 중요성을 실감
하고 있었다. 국가대표급 선수란 모두들 자신과 동등한 수준으로
열심히 훈련을 해온 사람들. 그런 이들과 겨루게 됐을 때 승부를
마지막에 결정짓는 것은 결국 운이라는 생각에 기부도 하고 참배
도 하고 청소 봉사활동도 열심히 해왔다.

　그러던 어느 날 쿠로사와는 자신이 일하는 출판사 사장님의

남다른 '운 모으기 신공'을 알게 된다. 사장님은 자동판매기에 돈을 넣고 음료수를 뽑은 후 잔돈을 가져가지 않는다. 취미는 산책하며 쓰레기 줍기, 길에서 마주치는 곤란한 사람들 도와주기. "지금 운 모으고 계시죠?"라고 묻는 쿠로사와에게 사장님은 자신의 경험담을 들려준다.

탄광촌의 가난한 가정에서 자라 될 대로 되라는 마음으로 불량한 친구들과 어울려 놀았다. 한번은 돈을 뺏으려고 마을의 한 노인 목에 칼을 들이댄다. 그러자 노인은 이런 말을 한다.

"내가 돈은 없지만 좋은 걸 알려줄게. 지금 나를 죽이면 너의 운은 끝이다. 운은 모을 수가 있는 거야. 좋은 일 하면 모이고 나쁜 짓 하면 금세 줄어든다. 사람이라도 죽이면 모두 끝장이야. (…) 갖고 태어난 것엔 차이가 있어도 패를 몇 장 받는지는 다 똑같아. 운이 네 편을 들어주면 복은 수십 배로 부풀어오르게 된다. 문제는 '어디서 이기고 싶은가' 그거다. 어떤 사람이 되고 싶은지 한번 생각해 봐라. 생각하고 생각해서 선택해라. 운을 잘 써야 해."

이 말은 소년의 삶을 바꿨다. 어렵게 돈을 모아 도시로 올라왔지만, 친구 하나 없는 일상. 그는 도서관에서 빌린 책을 읽고 또 읽다가, 결심한다. 자신의 운은 자신을 구원해준 책에 쓰기로. 이기고 싶은 곳은 이곳이다. 나의 모든 운을 모아 좋은 책을 만들어 잘 팔아보자. 왜냐, 책이 나를 사람으로 만들어줬으니까.

'이번 생은 망했다'느니 '보람은 됐고, 야근수당이나 주셈' 같은 문장에 환호하지만, 한편으로는 자신이 하는 일에 특별한 열정을 갖고 성취를 이뤄가는 성장담에 지나칠 만큼 열광하는 인간이

기도 하다. 어떻게 보면 당연하다. 이번 생을 더 잘 살고 싶은 마음이 크기 때문에 자꾸 이번 판은 망한 것처럼 느껴지는 것이니까. 정작 나이 하루는 회사에 민폐가 되지 않을 만큼만, 월급 받는 만큼 일하자는 다짐으로 채워지면서, 집에 오면《중쇄를 찍자》같은 이야기를 보며 눈물 흘리고 있는 모습이라니.

이 만화에 나오는 누마타라는 문하생의 사연에서도 그랬다. 원로만화가의 문하생으로 10년 넘게 일을 돕고 있는 마흔 즈음의 만화가 지망생. 이십 대에 공모전에서 상을 받으며 프로로 데뷔하는가 싶었지만 일이 잘 풀리지 않아 번번이 꿈은 좌절되고 이제는 거의 포기 상태다. 그러다 화실에 새로 들어온 나카타라는 후배의 엄청난 재능을 본 후 그동안 억눌렀던 질투가 폭발해 그의 작품에 잉크를 뿌리고 만다. 겉으로는 나카타에게 "나중에 인기작가가 되면 나도 어시스턴트로 써줘"라고 자학적인 농담을 하면서.

누마타가 결국 만화가의 꿈을 포기하고 고향으로 떠나는 장면은 마음 아팠다. 그는 나카타를 만나고 나서 자신 안에 있는 두려움과 비겁함을 알아차렸다. '난 프로가 되기가 두려웠던 거야. 힘든 경쟁에 치이지 않아도, 데뷔하지 않아도 미쿠라야마 선생님 밑에만 있으면 사람들에게는 칭찬받고 기대도 받고, 고향 친구들에게는 부럽다는 시선과 격려를 받지. 꿈이 있다니 부럽다 인마.' 결국 그는 '꿈을 가진 특별한 사람'이라고 스스로를 위안하면서 진짜 승부의 자리는 피해 왔던 자신을 인정하기로 결심한다.

아무리 좋은 일을 많이 해 운을 잔뜩 모은다고 해서 반드시 꿈이 이뤄지리란 법은 없다. 하지만 꿈이나 장래희망이란 단어를 입에 담기 민망한 나이가 되고 보니, 오히려 마음은 여유로워진다.

　나의 모든 것이라고 생각했던 꿈을 놓아버려도 인간은 꽤 태연하게 살아갈 수 있다는 것. 그리고 그 일을 정말 좋아해 계속 손에서 놓지 않는다면, 언제든 또다른 형태의 기회가 올지 모른다는 것을 믿는다. 다른 작가의 뒤치다꺼리를 하느라 자신의 이야기를 갖지 못한 누마타가 가업인 양조장을 운영하다 언젠가 술 빚는 만화를 그리게 될지도 모르는 일. 그게 아니라면 술을 알리는 홍보만화라도 직접 그리면서 남은 꿈을 즐기며 살아가는 사람이 되었으면 좋겠다고 나는 생각했다.

　그의 스승 미쿠라야마 선생도 자신의 예술문화상 수상식에 직접 빚은 술을 들고 올라온 제자 누마타에게 이런 연설을 들려준다. "내가 이 상을 받는 것에 대해 베테랑 영감의 공로상일 뿐이라며 코웃음 치는 그대들에게 난 도전할 것입니다. 천재든 아니든, 연령도 성별도 인종도 국경도 관계없습니다. 필요한 것은 재미있는 만화를 그리겠다는 그 일념 하나. 나는 나를 포기하지 않겠습니다."

　계속 소소한 친절과 작은 선행으로 운을 모아야겠다. 내가 진짜 이기고 싶은 곳이 어디인지 자주 헷갈리지만, 언젠가 그 운을 그러모아 일시불로 긁고 싶은 순간이 분명 나타나리라 믿으며. 그게 아니라면 소소하게 할부로 나눠 써도 괜찮지 아니한가. 그러니 갑자기 착한 척하는 모습을 보더라도 너무 욕하지는 마시길. 그날을 위해 운을 싹싹 긁어모으는 중이니까요.

취향은 그렇게 전염된다

2010년 초, 다니던 회사를 그만두고 일본으로 떠나기 전, 잠시 백수로 지낸 적이 있다. 사회생활을 시작한 이래 처음 맞는 긴 휴가의 첫 주에 만화《심야식당》을 펼쳐든 건 명백한 실수였다. 그간 온몸에 탄탄히 자리 잡은 살들을 "직장생활 스트레스 때문"이라 우겨 대며, 일만 안 하면 분명 절로 빠질 거라 큰소리를 쳐 왔는데… 하지만 다음 날 출근에 대한 부담도 없이 보내는 긴긴 밤, 심야식당이 보내는 유혹은 강렬했다. 특히 드라마 〈심야식당〉을 다시 돌려 보면서 침 넘어가는 장면들을 목도하니, 그간 요리에 별 호기심 없이 살아 온 나마저도 여러 차례 '한밤중 요리'에 도전하고야 말았으니.

흔한 요리 만화 중 하나일 뿐이지만《심야식당》이 가진 매력은 독특하다. 배경은 신주쿠 뒷골목의 작은 밥집. 이 가게의 영업시간은 밤 12시부터 이튿날 아침 7시까지, 메뉴는 돈지루(돼지고기 된장국) 정식과 맥주, 일본주, 소주뿐이다. 하지만 손님이 원하는 음식을 말하면, 주인장이자 요리사인 '마스터'는 재료가 허락하는한 그 자리에서 만들어 준다.

고된 하루를 마치고 늦은 식사를 하러 오는 손님들은 화려한음식보단 소박하고 따뜻한 요리들을 주문한다. 갓 지은 밥에 가쓰오부시를 얹어 먹는 '고양이 맘마', 따끈한 차에 밥을 말아먹는'오차쓰케' 등, 일본인들이 정겹게 느낄 메뉴가 가득하다. 음식을입 안에 넣는 순간 주인공이 공중으로 떠오르며 주변이 꽃밭으로변하는 식의, 요리 만화 특유의 과장도 없다. "맛이 어떠냐"는 물음에 손님은 "그저 그러네요"라고 답하고, 그럼 주인장은 "그저 그런 맛이 그리울 땐 또 오라"며 쿨하게 손님을 보낸다.

따뜻하고 유머러스한 원작 만화에 비해 드라마는 전체적으로훨씬 쓸쓸하다. 이유가 뭘까 생각하다가 아마 음악 때문 아닌가짐작해 본다. 드라마의 오프닝은 도쿄의 밤거리. 신오오쿠보에서신주쿠로 향하는, 도쿄에 살아 본 사람이라면 눈에 익은 거리다.반짝이는 네온사인 아래 취객들로 북적이는 이 거리의 풍경 위로,한없이 쓸쓸한 목소리가 겹쳐진다. 듣는 순간 마음을 울컥하게 만드는 이 노래는 스즈키 쓰네키치라는 가수의 〈추억思ひで〉이란 곡이다. 야후 재팬을 검색해 보니 이 가수에 대해 "슬픔의 근원을 파헤치는 목소리"라는 평이 있던데, 적확한 표현이다.

———

그대가 내쉰 하얀 숨이
지금 천천히 바람을 타고

하늘에 떠 있는 구름 속으로

조금씩 사라져 가.

먼고 높은 하늘 속으로

손을 뻗은 하얀 구름

그대가 내쉰 숨을 들이마시고

두둥실 떠오르고 있어.

———

심야식당에는 거창한 요리 대신 소소하지만 맛깔스런 이야기들이 있다. 손님들이 주문하는 음식에는 저마다의 다양한 사연이 담긴다. 험상궂은 얼굴의 야쿠자 류짱은 고등학교 시절 짝사랑하던 여학생에게 받은 도시락을 잊지 못해 심야식당에 들르면 언제나 '문어 모양으로 볶은 빨간 비엔나소시지'를 주문한다.

시즌2의 첫 번째 에피소드 〈다시 빨간 비엔나소시지〉에선 시즌1에서 밝혀지지 않았던 류짱의 사연이 드러난다. 고등학교 때 규슈 지역 최고의 야구부 에이스였던 류짱은 매니저인 쿠미짱과 데이트 중 불량배들과의 싸움에 말려들어 전국 고교야구대회 출전을 포기해야 했다. 문어 모양의 비엔나소시지는 그날 쿠미짱이 데이트를 위해 준비했던 도시락 반찬. 죄책감을 느낀 류짱은 쿠미짱을 남겨 둔 채 조용히 고향을 떠났고, 세월이 흘러 류짱을 다시 만난 중년 아줌마 쿠미짱은 죽음을 앞두고 고백한다.

"결혼해서 여기 살기 전에, 한번 류짱을 찾으러 도쿄에 온 적이 있었어. 하라주쿠 보행자 천국에도 시부야 센타가이에도 갔었는데, 찾지 못했어. 당연하지 뭐, 나도 못 찾을 거라고 생각했었고. 그래서, 배가 고파져서 처음으로 규동을 먹었는데, 너무 맛있는 거야. 그대로 마지막 신칸센을 타고 (고향으로) 돌아갔어. 이렇게 다시 만날 거라고는 상상하지 못했어. (문병) 와 줘서 정말 고마워.”

심야식당이 마음을 파고드는 이유는 이런 것일 게다. 어느 밤, ‘마음에 남은 게 있어 어디론가 새고 싶은’ 그런 밤에 훌쩍 들를 수 있는 장소에 대한 목마름. 우연처럼 그와 마주치길 기대하며 무작정 헤맸던 그 거리, 혹은 되돌아보면 가슴 먹먹해지는 순간들을 담담히 털어놓을 수 있는 누군가에 대한 절실함. 늦은 밤, 골목 어귀 식당에서 하루치의 슬픔을 꾸역꾸역 삼키고, 다시 내일을 견뎌낼 힘을 비축해야 하는 쓸쓸함.

기억에 남는 에피소드 하나 더. 늘 ‘당면 샐러드’만 주문하는 사유리의 입맛을 좋아하던 남자친구 시가에게서 온 것. 원래는 당면 샐러드를 무척 싫어했지만 “그가 좋아하는 거니까 나도 좋아 해 보자 싶어 매일 먹다 보니 어느새 좋아졌다”는 것이다.

시가가 자신의 친한 친구와 결혼하게 된 사실을 안 날, 사유리는 심야식당에서 당면 샐러드를 시켜 놓고 한바탕 울음을 터뜨린다. 사람들은 때때로 자기도 모르게 누군가에게 무언가를 남기는 모양이다. 떠나갔지만, 사유리에게 독특한 취향과 입맛을 남기고 간 시가처럼.

돌아보면 내가 일본 문화에 빠져들게 된 것도 누군가에게 옮은 취향이었다. 주말마다 집에 틀어박혀 ‘일드(일본 드라마)’만 보고 있는 그를 구박하다가, 싸우느니 차라리 같이 보자로 시작했다.

결국 그와 이별 후 급격히 한가해진 주말, 어느새 일드를 벗 삼고 있는 나를 발견했고… 그렇게 남겨진 다른 사람의 취향은 자가 증식해, 결국 일본에서 한번 살아 보겠다는 결심까지 하게 되고야 말았으니, 내가 좀 멀리 간 건가.

언젠가 그를 다시 만나면 털어놓을 수 있으려나. 한적한 도쿄 뒷골목을 걷고 있노라면 가끔씩 생각이 났었다고. 네가 전해 준 취향 덕분에 내 인생은 훨씬 즐거워졌다고. 그러니 많이 감사하다고.

하고 싶은 일 VS 잘할 수 있는 일

처음부터 조짐이 좋지 않았다. 저 멀리 빈 택시를 발견하고 손을 번쩍 들었는데 주변 교통이 순식간에 엉망이 됐다. 1차로를 달리던 택시가 손님(나)을 발견하고 갑자기 속도를 늦추며 우물쭈물 차선을 옮긴 탓이다.

간밤에도 열대야로 잠을 설친 나. 대도시 커리어우먼의 출근길엔 아무래도 택시가 제격이지, 스스로에게 항변하며 지하철역까지 뛰어가길 포기하고 택시를 집어 탄 참이었다. 아침부터 에어컨을 빵빵하게 튼 차 안은 시원했는데 기사 아저씨 셔츠는 땀으로 얼룩져 있었다.

"서소문 시청역 쪽으로 가주세요."

그렇게 고난의 출근길은 시작됐다.

육십대 초반쯤, 얼굴이 붉은 택시 기사님이 대쪽 같은 '직진 본능'의 소유자라는 사실을 알아차리는 데는 오래 걸리지 않았다. 좌회전해서 홍대 정문 앞을 지나야 하는데, 밀려드는 차들 사이로 끼어드는 데 실패. "괜찮아요. 다음 번에 좌회전하셔도 돼요." 하지만 차선을 바꿔야 할 때마다 기사님은 땀을 쏟고, 핸들은 부들부들 떨리고, 주변 차들은 빵빵거렸다.

"아, 아저씨, 좌회전!!!"

"어어, 어떡하나."

"여기서 왼쪽 차선으로 들어가셔야 되는데…."

뒷좌석에 앉은 나는 속이 부글부글 끓는다.

그리하여 평소 홍대 정문, 신촌, 아현동을 통과하던 출근길을 벗어나 공덕역에서 효창공원 방향으로 달리다가 기적의 좌회진 성공. 뜬금없이 서울역 앞을 지나가는 택시 안에서 생각했다. 도대체 이분의 정체는 무엇인가. 어쩌다가 이다지도 적성에 맞지 않는 직업을 택했단 말인가.

어렵사리 회사가 코앞에 보이는 대로로 접어들었으나, 역시나 기사님은 차를 인도 쪽으로 붙이는 데 실패. 1차로를 달리던 택시가 횡단보도 빨간 신호에 멈춰 서자 아저씨는 몹시 난처한 표정으로 나를 돌아보며 말씀하셨다.

"아가씨, 여기서 내리면 안 될까."

평소보다 3,000원쯤 더 나온 택시비를 건네는데 나도 모르게 뾰족해진 한마디가 튀어나왔다.

"택시 운전 하신 지 얼마 안 되셨나 봐요."

"아이고 미안해, 내가 원래 운전을 잘 못하는데, 이거 말고는 할 수 있는 일이 없네…."

글 쓰는 직업을 갖고 싶어 기자가 되었는데, 입사 후 얼마 안 돼 깨달았다. 아뿔싸, 기자는 글만 쓰는 직업이 아니로군! 글쓰기보다 선행되어야 할, 매우 중요하고도 적성이 요구되는 절차가 있었으니, 기삿거리를 제공해 줄 누군가를 만나 그의 이야기를 듣는 것이었다. 독자들이 읽고자 하는 것은 내 이야기가 아니므로.

모르는 사람과 금방 즐겁게 어울리는 성격이 못 된다. 그렇다. 어이없게도 나는 낯가리는 기자인 것이다. 만나자마자 덥석덥석 알은체하고, 서글서글한 웃음을 날리며 남들에게 털어놓지 못한 속 이야기를 끌어내야 하는 인터뷰가 매번 힘겹다. 상대가 나이 지긋한 사장님이나 교수님이면 진땀까지 뻘뻘. 먼저 목소리 한 톤 올리고, 얼굴 가득 친근한 미소, 당황하지 말고 첫 질문은 경쾌하게. "어머어머, 그런 일이 있었군요~" 명랑한 여기자 코스프레를 하며 가까스로 인터뷰를 마치고 나면 장시간의 억지 웃음으로 얼굴에선 쥐가 나고 온몸의 기운이 쭉 빠진다.

무난한 인터뷰이랑 마주 앉아도 겨드랑이에 땀이 차는데, 까칠하거나 심지어 적의를 보이는 경우엔 정말이지 어찌 대응해야 할지 몰라 허둥지둥 좌불안석. 예리하고 냉철한 기자 이미지에 걸맞은 팽팽한 기싸움은커녕, 슬슬 눈치를 보다가 어영부영 인터뷰를 마무리해 버리기 일쑤다. 젠장, 이 짓 진짜 못 해먹겠네.

그렇다고 전화 인터뷰가 면대면 인터뷰보다 수월하지도 않다. 일단 낯선 이에게 전화를 거는 일 자체가 고역이다. 버튼을 누르지 않으면 안 되는 순간을 더 이상 미룰 수 없을 때까지 전화기를 노려보며 꿋꿋이 버틴다. 그러다 마감의 압박이 인터뷰의 압박 강도를 넘어서는 순간, 체념하는 심정으로 전화번호를 누른다. 신호가 가고 벨소리가 울리기 시작하면 기도한다. 아, 제발 받지 말아줘, 제발!!! 이런 식으로 10년째라니, 이걸 용하다고 해야 하나 둔하다고 해야 하니.

'좋아하는 일'과 '잘하는 일'이 딱 일치한다면 얼마나 해피한 인생일까마는, 사는 게 어디 그렇게 호락호락하던가. 이와 같은 인생의 딜레마를 아주 유머러스하게 풀어낸 만화가 있으니 바로 《디트로이트 메탈 시티》란 작품이다. 주인공 네기시는 하루를 마감할 때마다 "내 인생이 어디서부터 잘못된 거지" 곱씹는 가수다. 무대 위에서 그는 악마의 메이크업을 하고 이마에는 살殺자를 새기고, 과격한 노래와 선정적인 퍼포먼스로 광신도들의 추앙을 받는 데스메탈death metal계의 교주 '크라우저 2세'. 그러나 화장을 지우고 가발을 벗으면 버섯머리를 한 우엉남(우엉처럼 가느다란 몸매와 소심한 마음을 가진 남자)으로 돌아온다.

팬들에게 그는 연쇄 살인범에 마약 중독자로 알려져 있지만, 실제로는 술, 담배는 물론 좋아하는 여자에게 고백도 못 하는 순진남이다. 그의 꿈은 귀엽고 말랑말랑한 사랑 노래를 부르는 가수. 하지만 팬들은 "여자는 나의 노예, 인간은 모두 고깃덩어리" 같은 가사를 내뿜는 그에게만 열광하니 미칠 노릇이다.

개인적으로 '엽기+코믹' 만화의 걸작으로 꼽는 두 작품이 있다. 《이나중 탁구부》와 《엔젤 전설》이다. '이나중'이라는 이름을 가진 학교 탁구부 아이들의 지저분한 행각을 그린 《이나중 탁구부》는 어지간히 비위가 좋지 않고선 참아 내기 힘든 더러운 설정

(똥, 구토, 가래 등)으로 원초적인 웃음을 유발하는 명작이다.《엔젤전설》은 악마의 외모에 천사의 마음을 지닌 한 고등학생의 눈물겨운 분투기.

《디트로이트 메탈 시티》는 이 둘의 매력을 적절하게 뒤섞은 작품이다. '너와 함께 먹은 라즈베리 케이크' 같은 노래를 부르고 싶지만 무대에서는 "너와 함께 먹은 고양이"를 외쳐야 하는 네기시의 고달픈 인생이 만화의 유머 코드.

교훈보다는 웃음에 집중하는 만화이므로, 너무 진지하게 의미 부여를 하는 건 반칙이다. 하지만 네기시의 고군분투를 볼 때마다 남 일 같지 않다. 사람들이 인정해 주지 않아도(혹은 돈벌이가 되지 않아도) 하고 싶은 일을 끝까지 좇으며 사는 게 행복한가. 아니면 썩 즐겁진 않아도 그럭저럭 잘해 낼 수 있는 일을 하며 인정받는 게 행복한가. 이런 질문엔 아마도 답이 없을 거다. 결국 둘 사이의 어디쯤에서 적절히 타협하며 살아가는 게 대부분의 인생 아닐는지.

생각해 보면 그날 아침 마주쳤던 직진 본능 기사님처럼 세상에는 좋아하지도 않고 잘하지도 못하는 일을, 그저 일이기 때문에 땀 흘리며 해내는 사람들이 많다. 좋아하는 일을 하라, 꿈을 좇아라 운운은 어쩌면 이 세상에 존재하는 수많은 종류의 이런 노동들(누구도 하고 싶어 하지 않지만 누군가는 반드시 해야 하는)을 소외시키는 행위일지 모른다(물론 운전을 아주 좋아하거나 아주 잘하는 운전기사님들도 많겠지만). 그렇다면 어쩌다 보니 내가 하게 된 이 일에서 나의 취향이나 적성에 맞는 어떤 부분을 찾아내고, 그것을 즐기며 해내는 게 최선 아닐까.

그리고 하나 더. 살다 보니 어떤 일들은 하면 할수록 편해지고, 주변의 칭찬과 격려를 에너지 삼아 조금쯤은 즐겁게 해낼 수 있게 되는 경우도 있더라. 전화 인터뷰라면 질색하는 기자였던 내가 이제는 상대방의 통화 연결음을 들으며 말투와 취향을 점쳐보는 경지(?)에 이르게 되었듯이.

2장

아무도 칭송하지 않는 일을
열심히 하는 이유

진심병은 불치병인가

"그렇게 시시콜콜 얘기하지 마. 후배들은 너의 연애사에 관심 없어."

라는 말을, 들었다. 충격이었다. 무언가를 자랑하거나 지루한 수다를 늘어놓으려는 의도는 아니었다. 그저 이십대 후반의 싱글 후배들과 함께한 자리에서 소개팅 이야기가 나왔고, "선배는 어때요? 요새도 소개팅 하고 계세요?"라는 질문에 최근에 한 망한 소개팅을 농담 섞어 털어놓았을 뿐이다. 하지만 같은 자리에 있던 선배에게 나중에 이런 충고를 듣게 된다. "후배들이 그냥 예의상 물어본 걸 텐데, 뭘 그렇게 신나서 주절주절 다 얘기하고 그래? 그럴 땐 그냥 웃어넘기는 게 상책이야."

그랬구나. 예의상 하는 이야기, 에둘러 포장한 이야기, 은근히 까는 이야기 등을 잘 알아채지 못한다. 누군가에게 질문을 들으면, 가능한 범위 내에서 감추지 않고 있는 그대로 답하고 싶다. 조금 친해졌다 싶으면 사적인 고민이나 일상을 줄줄이 털어놓는다. 상대방도 그렇게 해 주리란 기대를 갖고. 그러다 가끔, 예상치 못한 반응과 만난다.

나는 100만큼 보여줬다고 생각했는데 상대는 50 이상을 알려 주려 하지 않을 때, 일로 만났으나 세월이 쌓여 절친이 됐다고 믿었는데 그에게 난 '업무로 만난 지인' 이상도 이하도 아니라는 걸 깨닫는 순간. 그러면 안 되는데, 실망한다. 혼자 들떠서 관계의 거리 조절에 실패하고는 상대에게 왜 다가오지 않느냐며 서운해하는 어리석은 패턴.

친구 하나가 이런 나에게 '진심병 환자'라는 별명을 붙여 주었다. 내가 마음을 열고 대하면 상대방도 그럴 거라 믿는 건 어른이 가져야 할 적절한 자세가 아니라는 조언이었다. 오히려 준비 안 된 상대에게 다짜고짜 털어놓는 진심은 '언제 봤다고 친한 척?' 상대를 당황하게 만들거나 주책 맞은 사람이라는 느낌을 줄 수 있다. 그러니 아무에게나 속마음을 털어놓지 말고, 상대도 내 마음과 같을 거라 믿지 말라는 충고다.

하지만 적절히 감추고, 적절히 포장하고, 적절히 계산하며 사람을 대하는 일이 늘 고역이다. 언젠가, 친구라 생각했던 이에게 내밀한 이야기를 털어놓은 적이 있다. '이건, 다른 사람들에게 비밀인데…'라는 말은 붙이지 않았다. 그 사건이 알려져서 내게 좋을 게 없으리란 사실을 당연히 이해할 거라고 생각했기 때문이다.

시간이 흘러, 내가 말한 적 없는 누군가에게 그 이야기를 전해 듣게 된다. "너, 그 사람하고 이런 일 있었다며?" 나의 이야기를 안주거리로 삼은, 친구라고 믿었던 배려 없는 이에게 실망했다. 그리고 이후 우리는 조금씩 멀어졌다. 그를 만날 때마다 해야 할 말, 하지 말아야 할 말을 가리자니 딱히 할 말이 없었고, 함께 있는 시간은 즐겁지 않게 되었다. 어느 날은 술을 조금 마시고 도로 마음이 풀어져 이런저런 이야기를 주절거리고는 돌아서자마자 '또 실수했구나' 자괴감이 밀려왔다.

연애를 막 시작할 때, 진심병이 발동하면 낭패다. 연애란 알다시피(실은 잘 모름) 초반의 밀고 당기기, 보여 주고 감추기, 적절한 거리 두기로 성패가 갈리는 고난도 관계 맺기의 예술이(라고들 한)다. 하지만 아니나 다를까 자주 실패한다.

상대는 준비가 안 됐는데 좋아지는 마음을 감추지 못하고 있는 그대로 보여 줘 부담스럽게 만든다. 상대의 달려드는 마음에는 능숙하고 쿨하게 반응하지 못하고 당황해 우왕좌왕하다 도망친다. 어렵사리 연애를 시작했다고 해도 마찬가지. '저 사람은 왜 저런 행동을 하는 거지? 질렸다는 신호인가' '삐진 것 같은데, 내가 뭘 서운하게 했나' 등등을 살피느라 힘에 부친다.

연애지침서의 고전이라고 할 수 있는 알랭 드 보통의 《왜 나는 너를 사랑하는가》를 읽다가 '아, 이것이 내가 원하는 연애야'라고 느낀 장면이 있다. 주인공과 여자친구 클로이가 "우리 마음의 간헐적 성격을 인정하고, 사랑의 빛이 전구처럼 항상 타올라야 한다는 요구를 완화하기 위해" 고안한 대화의 방식이다.

"무슨 문제가 있어? 오늘은 나를 좋아하지 않아?"

둘 중의 하나가 그렇게 묻는다.

"덜 좋아해."

"그래? 아주 많이 덜?"

"아니, 그렇게 많이는 아니고."

"10점 만점이라면?"

"오늘? 어, 한 6.5 정도. 아냐, 6.75에 더 가깝겠네. 너는 어떤데?"

"아이쿠, 나는 마이너스 3 정도인데. 오늘 아침에 네가 …할 때
는 12.5 정도였던 것 같지만."

이런 식으로 지금 자신의 애정 지수를 서로에게 솔직히 알리
면 좋을 텐데. 괜히 상대의 눈치를 살피며 갈팡질팡하지 않도록.
하지만 책을 계속 읽으면 알게 된다. 이런 솔직한 대화는 두 사람
이 '현재, 우리는, 서로를, 사랑하고 있다'고 의심 없이 믿고 있는
순간에나 이루어질 뿐. 사소한 서운함으로는 흔들리지 않을 관계
라는 굳은 확신이 있기에 서로의 마음을 있는 그대로 말하는 것
도 가능했을 따름이다. 두 사람의 마음이 어긋나기 시작하자 여자
는 남자의 비슷한 농담에 차갑게 답한다.

"오늘은 10점 만점에 몇 점을 줄래?"

"모르겠어."

"왜 몰라?"

"피곤해."

"추측이라도 해 봐."

"정말 모르겠다니까. 가만 좀 내버려 둬. 제기랄!"

*

이런 대화가 기억난다.

"너의 이상형은 어떤 사람이야?"

"투명한 사람."

"투명한 사람?"

"응. 진심을 보여 줘도 그걸 이용해 뒤통수치지 않을 사람."이라고 했다가 비웃음을 당했다. "투명은 무슨, 맥주잔이니? 사람이 얼마나 이기적이고 애매하고 불투명한 존재인데. 정신 차려."

맞다. 나도 그들도 투명하기에는 너무 복잡한 존재일지 모른다. 그래서 배우려고 애쓰는 중이다. 서로 호감을 갖되 선을 넘지 않는 관계라는 것에 대해서. 마음을 짓누르는 끈적함이 아니라 가볍고 경쾌한 기억으로 남는 사람이 되고 싶어서.

인간관계 거리 두기의 미덕을 조금이나마 알게 된 건 일본에서 공부하던 시절이다. 늦은 나이에 간 유학이라 열 살 이상 어린 친구들과 학교생활을 했다. 원래 사적인 질문을 극도로 경계하는 문화라서인지 "몇 살이세요?" "결혼은 했어요?" 등을 먼저 묻는 일본 친구들은 거의 없었다. 종종 밥도 먹고 술도 마셨지만 지나칠 만큼 서로 배려하고 예의를 지키는 관계였다.

분위기가 이런데도 진심병 환자인 나는 한국에서의 버릇이 이따금 튀어나와 개인적인 질문을 하거나, 묻지도 않았는데 내 얘기를 털어놓기도 했다. 불편해하는 사람도, "솔직하고 시원하다"는 반응이 많았다. 그때 만난 몇몇 친구들과는 지금도 소식을 나누는 사이로 지내고 있다. 너무 깊이 얽혀 있진 않으니 서운하거나 성가실 일은 없다. 일본 작가 소노 아야코가 쓴 《약간의 거리를 둔다》에 나오는 '약간의 거리가 있어 통풍이 가능한 관계'의 미덕을 겨우 알게 됐다고 해도 좋을 것이다.

그럼에도 여전히 진심병은 잘 고쳐지지 않는다. 공적으로 만난 사람들과는 일만 잘 하면 좋은 것일 텐데, 자꾸만 선을 넘어 친구처럼 굴어 버린다. 나를 꾸미기보다는 있는 그대로 꺼내 보여주는 게 편하다. 나에게 잘 보이고 싶어서, 순간의 낭패를 모면하기 위해 거짓을 늘어놓지 않는 사람들과 사귀고 싶다. 투명한 마음과 마음이 만나야 진짜 관계라는 게 탄생한다고 여전히 믿고 싶으니 진심병은 정말 불치병일지도 모른다.

안녕, 절망선생

살면서 여러 음악의 도움을 받았지만, 서른 언저리에 찾아온 우울은 그의 노래 덕에 넘겼다. '달빛요정 역전만루홈런(본명; 이진원).' 어쩌다 그가 부른 〈스끼다시 내 인생〉을 처음 듣고, 아 이것은 시가 아닌가! 충격에 빠졌던 기억이 또렷하다.

―――

스끼다시 내 인생
스포츠신문 같은 나의 노래
마을버스처럼 달려라
스끼다시 내 인생
언제쯤 사시미가 될 수 있을까
스끼다시 내 인생

―――

들어 본 이는 알겠지만, 맑고 힘찬 목소리에 더없이 정확한 발음으로 노래한다. 내 인생은 사시미(회)를 시키면 딸려 나오는 '스키다시'에 불과하다고. 메인 요리를 먹기 전, 입맛을 돋우는 조연 요리들. 처음엔 우와 감탄을 받기도 하지만 주인공이 등장하는 순간 관심은 아웃. 그런 인생. 그의 다른 노래들을 열심히 찾아 듣기 시작했고, 자주 목청껏 따라 불렀다. 이런 눈물 나는 가사를 보셨는가.

———

세상도 나를 원치 않아
세상이 왜 날 원하겠어
미친 게 아니라면
＊〈절룩거리네〉

나를 떠나면 다들 행복해져
나야말로 모두 다에게
행복을 퍼다 주는 사람
＊〈나를 연애하게 하라〉

———

그 시절의 나는 뭐가 그리 힘들었던 것일까. 서른 즈음에는 무언가 되어 있을 줄 알았는데, 아무것도 이루지 못한 나 자신에 당황하고 있는 중이었을까. 나는 더 빛나는 존재이고 싶은데 빛나기는커녕 회사와 집을 오가며 나이만 먹고 있었다. 내가 아닌 누구이고 싶은데 내가 나여서 슬펐던 시절. 당시의 싸이월드를 뒤지다 이런 오그라드는 글을 발견하고야 만다.

———

나도 안다.

내가 아무것도 아니라는 것.

하지만 내가 나라서 어쩔 수가 없다.

나는 내가 아니고 싶지만,

나는 어쩔 수 없는 나라서,

내 몸으로 내 머리를 받치고 서 있는 나라서,

정말 도리가 없다.

아무리 생각해도 도리가 없다.

나도 안다.

———

고등학교 때까진 나름 자신감 있는 캐릭터였(던 것 같)다. 그런대로 성적도 괜찮았고, 훤칠한 키에 건장한 체격(장점이라 해 두겠다)으로, 학교에선 인기도 적잖이 있었다(여고였다는 게 함정이지만). 하지만 대학에 들어가 보니 웬걸. 세상에는 너무 예쁘고, 잘나고, 집안도 좋으며, 아무리 용을 써도 내가 범접할 수 없는 스펙을 지닌 아이들이 수두룩했다.

때늦은 사춘기가 찾아왔다. 빌어먹을 세상, 욕을 해봐야 소용없고, 마음은 한없이 쪼그라들고, 이런 세상에 내 자리는 없을 거야, 누가 날 좋아하겠어, 난 안 될 거야 아마, 헤매던 시절. 그때,

그 안에서 나를 지키기 위해 선택한 방법이 내 상황을 남 일 보듯 하기. 나의 부족함과 한계를 냉정하게 파헤쳐 나 자신을 웃음거리로 삼기. 아마도 자학이었을 것이다.

말하자면 자학이란 세상과 맞붙어 싸우기에는 힘이 모자란 이들의 한발 앞선 포기 선언이자, 내 기대를 너무 쉽게 배신해 버리는 이 세상에 대한 소심한 복수다. 그런 마음을 누구보다 잘 알기에 유난히 루저들의 자학 개그에 끌렸던 것인지도.

언제부터인진 몰라도 자뻑으로 웃기는 개그맨보다 자학으로 웃기는 개그맨이 훨씬 좋았다. 《안녕, 절망선생》이란 만화는 사소한 일에 비관하고 매사에 절망하는 초超네거티브 사고방식의 소유자 이토시키 노조무系色望 선생이 주인공으로 등장해 시종 일관 자학과 비관을 전파하는 내용인데, 예를 들면 이런 식이다.

"인생은 마음대로 안 되는 것들투성이"라며 희망진로 조사가 아니라 '절망진로' 조사를 한다. 학생들에게 "네가 절대로 될 수 없다고 생각하는 3가지의 미래"를 써 보라고 하는 것이다. '세리에, 일본 대표, J리그'를 쓴 축구부 학생과 '아이돌, 여배우, 아나운서'를 적어 낸 아쉬운 외모의 소녀에게 그는 대놓고 선언한다.

"정말 절망적이군!"

이 작품의 작가인 구메타 고지가 덧붙인 후기 역시 초절정 자기 비하다. "나는야 만화계의 무안타 제조기, 히트작이 없습니다." "이 만화 한 권을 읽는 데 《드래곤 볼》 1,000권의 체감 시간이 걸린다는군요." 등등.

자학은 재미있다. 그리고 (이미 충분히 상처받은) 나 말고는 누구에게
도 상처 주지 않는다. 자학은 이 세계의 부조리를, 그 속의 나 자신을
들여다볼 줄 알고, 한계를 지시하며, 그럼에도 더 나은 자신에 대한
희망을 버리지 않기로 결심한 '진짜 어른'들의 놀이가 아닐까, 라고
(너무 긍정적인 방향인지는 모르겠으나) 생각해 보기도 한다. 적어도 세상이
나를 중심으로 돌고 있다는 식의 착각보다는 훨씬 성숙한 자세다.

달빛요정 역전만루홈런을 좋아했던 것도, 그가 자조와 자학
끝엔 언제나, 자신에 대한 믿음을 보여 주고 있어서였을 것이다.

"어차피 난 이것밖에 안 돼"라고 읊조리다가도 "나는 매일 조
금씩 단단해져"라고 노래하는 이라서. "난 자신 있어, 한번 살아
보겠어"(〈행운아〉)라고 외쳐 주기도 하니까.

스키다시가 사시미를 꿈꾸는 건, 절망 선생에게 "절망적이군!"
이라는 칭찬(?)을 들을 만한 일일지 모른다. 하지만 사시미가 되
지 못하면 어떠한가. 얇게 저며진 차갑고 물기 없는 사시미보단
갓 튀겨 따끈따끈한 채로 상에 올라온 스키다시에 더 끌리는 순
간도 분명 있으므로. 무엇보다 나 자신을 객체화해 웃음의 소재로
삼을 수 있는 여유, 그리고 비슷한 감성을 가진 이들과 낄낄대는
시간, 이만큼 알찬 인생의 재미를 찾기도 수월하진 않을 것이니.

하여, 나는 앞으로 조금 더 깨알같이, 조금 더 참신하게, 능력
이 허락하는 한 부지런히 자학하며 살기로 결심한다. 나를 바닥까
지 사정없이 팽개치고 나면, 그런 나 자신을 쳐다보며 웃노라면,
주섬주섬 일어날 힘도 생겨나겠지. 뭐 어쩌겠어. 아님 말고.

어디에도 없었던 나

삼십대의 어느 한때, 스트레스가 별로 없는 삶을 살았다. 일이 뜻대로 풀리지 않아도, 소개팅에서 맘에 든 상대에게 애프터를 받지 못해도 "그렇지 뭐" 하고 태연하게 웃어넘길 수 있는 마음의 평정 상태랄까. 아무튼 내 인생 전체에서 심적으로 가장 평온했던 시기가 있었다. 비결은? 여기가 아닌 '다른 곳에 있는 나'로 살기.

스물몇 살 무렵, 주말마다 일본 드라마를 한 시즌씩 작살내는 생활을 계속하다 품기 시작한 '언젠가 일본에서 살아 보리라'는 꿈. 대학을 졸업하고 이런저런 회사에 원서를 내고 사회에 안전하게 착지하려 버둥거리는 동안, 잊어버린 줄 알았다. 서른을 훌쩍 넘기고, 이십대의 대부분을 함께한 남자친구와 헤어지고, 일이 어렵지 않은 숙제처럼 느껴지기 시작하면서 귀퉁이로 밀어 놨던 그 꿈이 다시 수면으로 떠오르기 시작했다.

딱히 생활에 큰 불만이 있었던 건 아니다. 좋은 회사에서 괜찮은 월급을 받고, 남들에게 "재밌겠다"는 말을 듣는 일을 하고 있었으니까. 그럼에도 뭔가 공허하다는 느낌을 떨칠 수 없었고, 원인을 알 수 없는 이 무기력감을 해결해 줄 유일한 방책이 일본행일 것만 같았다.

떠나고 싶다는 이야기를 여럿에게 털어놓았고, 열 명 중 일곱 은 확실하게 반대했던 듯하다. "미쳤냐?" "결혼은 언제 하려고?" 라는 걱정에서부터 "일을 하면서 때를 기다려라" "인생이 그렇게 녹록한 게 아니다"란 현실적인 조언들까지. 허나, 한 번 부풀어오 른 생각은 사그라지지 않았다. 일본에 가면 조금 다른 인생이 기 다리고 있을 것만 같은 설렘. 나를 아는 사람들이 전혀 없는 공간 에 나를 던져 놓고 싶다는 갈망. 그리고 어느 날 이런 나의 충동에 불을 놓는 문장과 맞닥뜨렸으니,

―――

어느 날 아침 눈을 뜨고 귀를 기울여 보니 어디선가 멀리서 북소 리가 들려왔다. 아득히 먼 곳에서, 아득히 먼 시간 속에서 그 북소 리는 울려왔다. 아주 가냘프게. 그리고 그 소리를 듣고 있는 동안, 나는 왠지 긴 여행을 떠나야만 할 것 같은 생각이 들었다."

* 무라카미 하루키, 《먼 북소리》

―――

하루키처럼 세계 어딜 가서 살아도 밥벌이 정도는 여유 있게 할 수 있는 재능 같은 것은 없지만, 그렇기 때문에 더더욱, 더 나 이 들기 전에 저질러야 해. 결심하고 일본행을 준비하던 2~3년, 내 몸은 대한민국 서울에서 매일 밥을 먹고 회사에 나가 일을 하

고 있었지만, 마음은 이미 바다를 건너가 다른 도시에 살았다. 그러면서 생애 처음으로, 한없이 여유롭고 희망적인 날들을 보냈다. 작은 스트레스에도 쉽게 오그라들던 마음은 이렇게 생각하는 것만으로도 쉽게 누그러졌다. '괜찮아, 나는 곧 일본에 갈 사람이니까. 그곳에 가면 지금과는 다른 생활, 다른 내가 기다리고 있을 테니까.'

나만의 이야기는 아닐 것이다. 일하면서 알게 된 한 친구는 요즘 결혼 문제로 골치가 아프다 했다. 삼십대 중반, 불안한 마음에 수백만 원을 들여 결혼 정보 회사에 등록했단다. 3개월 동안 매달 2명씩 남자를 소개받았지만, 역시 맘에 드는 상대를 만나기는 쉽지 않았다.

힘들게 꾸미고 나간 자리에 어처구니없는 태도의 남자가 앉아 있거나, 한 여자의 남자가 되기엔 자신이 너무 잘났다고 확신하는 사십대 싱글남이 등장할 때마다, '내가 지금 여기서 뭘 하고 있는 건가'라는 생각과 함께 극심한 우울에 시달린다던 이 친구, 결심한 듯 말했다. "있잖아, 내 짝은 정말 한국에는 없는 것 같아. 어떤 방법을 써서든 외국으로 나가야겠어요."

이곳이 아닌 다른 어딘가를 꿈꾸는 건, 어쩌면 행복한 일인지 모른다. 하지만 그 이면에는 지금의 나를 있는 그대로 받아들일 수 없는 불행한 내가 존재하고 있다. 나는 사실 괜찮은 사람인데 주변에서 그걸 인정해 주지 않는다거나, 나는 참 매력적인 여자인데 그걸 알아 보는 눈을 가진 남자가 주위에 없다고 느낄 때. 이런 결핍감을 이겨 낼 방법의 하나로 탈출을 꿈꾸기도 한다.

환경을 바꾸면 달라질 거야. 이 회사가 문제라니까. 한국은 나랑 맞지 않아. 동양 남자들이 다 그렇지 뭐. 여기서 벗어나기만 하면 니는 좀더 멋지게 살 수 있을 텐데. 여기가 아닌 다른 어딘가의 나, 그곳의 나는 구질구질한 지금의 나와는 다를 것이라는 어떤 희망, 혹은 착각.

우디 앨런의 영화 〈미드나잇 인 파리〉에도 이런 남자가 나온다. 주인공 길은 할리우드에서 시나리오 작가로 꽤 인정받고 있지만 진짜 하고 싶은 일은 소설을 쓰는 것이다. "잘하는 일이나 계속하라"는 주변의 만류를 뿌리치고 소설을 쓰기 시작하지만, 원하는 만큼 인정받지 못하자 그는 생각한다. 자신의 작품을 받아들이기엔 이 시대가 너무 경박하다고. 그가 꿈꾸는 시대는 수준 높은 문학과 예술이 꽃피던 1920년대의 파리. 그곳이 바로 자신이 살고 싶은, 존재해야만 하는 그런 시대라고 길은 믿는다.

자신의 꿈을 이해하지 못하는 약혼녀, 그리고 그의 눈에는 속물스럽기만 한 그녀의 부모와 함께 파리로 여행을 오게 된 길은 어느 날 밤, 파리의 골목길을 헤매다 시간을 거슬러 1920년대, 그가 꿈꾸던 '황금시대Golden Age'로 들어가게 된다. 그곳에서 길은 그토록 사랑했던 소설가 스콧 피츠제럴드, 어니스트 헤밍웨이 등을 만나 문학을 논하고 아드리아나라는 아름다운 여인과 사랑에 빠진다. 그러나 1920년대를 살고 있는 아드리아나는 자신이 살고 있는 시대가 "너무 공허하고 상상력이 없다"며 '벨 에포크'라 불리는 1890년대의 파리를 동경하고 있었다. 그리고 또 어찌어찌하여 아드리아나와 함께 1890년대의 파리로 빨려들어 간 길, 거기서 두 사람은 이런 대화를 나눈다.

———

길: 빨리 1920년대로 돌아가요, 우리.

아드리아나: 싫어요, 그건 현재잖아요. 현재는 지루해요.

———

이 동화 같은 이야기를 통해 감독은 늘 여기가 아닌 다른 곳을 꿈꾸는 사람들의 채워지지 않는 결핍과 환상을 꼬집는다. 간단히 말하면, '아무리 힘들어도 너의 황금시대는 바로 지금이야'라는 메시지다.

다시 나의 경험으로 돌아오면, 그토록 꿈꿨던 일본에서의 생활은 당연히도 아름답지만은 않았다. 오랫동안 상상해 온 공간에 들어와 있다는 사실에 가슴 벅찬 순간들도 있었지만, 많은 시간을 '내가 여기서 뭘 하고 있지'와 '나는 지금 제대로 가고 있는 건가'라는 출구 없는 질문에 시달리며 보냈다. 회사를 그만두고 대학원생이 되었지만, 공부가 직업인 생활에 대해 진지하게 생각해 본 적이 없었다는 사실도 뒤늦게 깨달았다.

일할 때보다 시간 여유는 넘쳐 났지만, 그 시간을 혼자서 계획하고 꾸려 나가는 것은 쉽지 않았다. 따박따박 월급을 받아 쓰던 생활을 뿌리치고 나니 매일 줄어들기만 하는 통장 잔고를 확인하며 두려움에 떨어야 하는 일상이 기다리고 있었다. 마음 내키면 언제라도 다시 일하면 되지 생각하다가도, 정말 그럴 수 있을까

하는 불안이 엄습했다. 내가 가진 사회적 지위를 버리면 한없이 자유로워질 것 같았지만, 사회적 외피를 벗어던진 나는 자주 움츠리들고 의기소침해졌다.

일본에 가면 많은 사람들과 적극적으로 만나고 부지런히 이곳저곳을 돌아다니겠노라 결심했었다. 그러나 나는 그다지 적극적이고 부지런한 인간이 못 되며, 이는 장소가 아니라 천성의 문제라는 걸 간과한 결심이었다. 어느새 나는 주말이면 편의점에서 다양한 일본 맥주 중 하나를 골라 홀짝대며 다운받은 한국 드라마를 줄기차게 이어 보고 있었다. 결국 서울의 건어물녀가 도쿄의 건어물녀로 바뀌었을 뿐, 달라진 것은 없었다. 그렇게 2년의 시간을 보내고, 난 다시 내가 있던 자리로 돌아왔다.

애써 위안하자면, 그 시간이 아무 의미 없었던 건 아니다. 새로운 공간으로의 탈출을 통해 나는 내가 어떤 인간인지를 한층 더 잘 알게 됐다. '한없이 자유로운 영혼'이라고 생각했던 내가 사실은 일정한 구속이 없으면 공허해지는 모범생 기질의 인간이었다는 걸 깨닫게 됐고, '사람들에게 치이는 삶이 싫다'고 생각했지만, 사실은 주변 사람들로부터 상당한 에너지를 얻는 타입이라는 것도 알았다. 그리고 그런 나를 인정하고 살아야 한다는 것도. 덕분에 현실로 돌아온 나는 나에게 맞는 것, 내가 원하는 것을 조금 더 선명하게 이해하는 사람이 되었다고 생각한다.

그렇다고 여기가 아닌 다른 어딘가의 나를 꿈꾸는 이들에게, "네가 꿈꾸는 이상적인 삶은 없어. 정신 바짝 차리고 여기서 견뎌"

라고 말하고 싶지는 않다. 그런 희망 한 조각 없이 버텨 내기에 현실은 종종 너무 버거우니까. 하지만 당신이 정말 진지하게 다른 나라에, 다른 회사에, 다른 학교에 가면, 새로운 나로 다시 시작할 수 있을 것 같다고 생각한다면, 말해 줄 수 있다. '새로운 나' 같은 건 없다. 나는 나이기 때문에, 이런 나를 어딘가에 옮겨 놓는다 해도 삶이 극적으로 바뀌는 일은 벌어지지 않는다.

——

미래의 일 같은 건 전혀 상상이 안 되지만, 돌아가면 이제 모두에게 말할 수 있어요. 나는 한 번은 해냈다고 말이에요. 정말 자신의 힘으로 싸웠어요. 이제부터는 가슴을 펴고 당당히 패배자라고 말할 수 있어요.

* 이시다 이라,《전자의 별》

——

나의 이십대와 삼십대는 도망침의 반복이었다. 세 군데의 대학을 다녔고, 네 곳의 회사를 거쳤다. 사표를 쓰고 호기롭게 외국으로 떠났다가 어깨를 움츠리고 돌아오기도 했다. 그 과정 중 어떤 것은 도피였고 어떤 것은 도전이라 믿었다. 어디로 가고 싶은지도 정확히 모른 채 어디로든 탈출하려 애썼다. 그렇게 헤매고 다니며 마주한 시간들이, 감정들이, 기억들이 다 내 속에 쌓여 있다. 그리고 나는 지금, 여기에 있다.

나를 발견해 줘, 셜록

　나를 바라보는 상대의 눈에 호감의 표시등이 '딸깍' 켜지던 순간을 기억한다. 인터뷰 때문에 만난 취재원이었는데, 처음엔 분위기가 영 좋지 않았다. 내가 만나고 싶었던 게 아니라 선배의 지시로 어쩔 수 없이 잡아야 했던 약속. 대대로 예술가 집안에 명문대를 졸업한, 이력만으로도 지나치게 모범생의 냄새를 풍기는 젊은 예술가였다.

　만나기 전부터 살짝 비호감이었고, 이런 느낌이 전해졌는지 그도 불편해하는 기색이 역력했다. 대화가 좀체 밀도 있게 이어지지 않고 자꾸만 겉돌았다. 그러다가 요즘 잘나가는 또래 예술가들 이야기가 나왔다. 그의 표정이 약간 어두워졌다. 그들과 한때 친하게 지냈는데, 요즘은 그다지 어울리지 않는다고 했다.

　"왜요?"

　"아니 그냥 어쩌다 보니…."

　"그런데, 그분들 외모도 엣지 있고 스타성은 있는데요, 제 생각엔 작품에 비해 지나치게 높게 평가되는 것 같아요. 겉멋이 들었다고 할까. (선생님은) 그분들하고 잘 안 맞을 것 같은 분위기예요."

그 순간이었다. 그의 눈빛이 달라지기 시작한 건. 표정에 화색이 돌고 대화가 한결 매끄러워졌다. 그러고는 인터뷰가 끝났는데도 저녁을 같이 먹자며 자꾸 붙잡았다. 헤어지는 순간엔 "이렇게 말이 잘 통하는 기자는 처음"이라며 진정 아쉬운 표정을 지었다.

돌아오면서 생각에 잠겼다. 아마 그는 잘나가는 또래 예술가들에게 콤플렉스와 우월감이 범벅된 복잡한 마음을 갖고 있었던 모양이다. 지금은 그들에 비해 주목받지 못하지만, 사실은 내가 그들보다 낫다고 믿고 싶은 마음. 누군가에게 털어놓기 힘들었을 그 감정의 스위치를 내가 살짝 건드렸나 보다. 의도와 상관 없이, 아직 빛을 보지 못한 예술가를 알아보는 눈 밝은 기자가 되어 버린 나는 (딱히 무슨 생각을 하고 던진 말이 아니었던지라) 좀 민망했다.

아서 코난 도일의 추리소설 '셜록 홈즈' 시리즈를 현대적으로 재해석한 영국 드라마 〈셜록〉은 일단 보기 시작했다면, 좋아하지 않을 도리가 없다. (멋지다거나 잘생겼다고 말하기엔 왠지 망설여지지만 그럼에도 시선을 뗄 수 없는) 독특한 분위기의 배우 베네딕트 컴버배치를 단숨에 세계적인 스타로 만든 이 드라마에는 성공하는 콘텐츠가 갖춰야 할 모든 것이 있다.

까칠하지만 매혹적인 주인공이 등장하고, 잘 짜인 이야기가 감각적인 화면에 펼쳐진다. 원작 팬들에게는 소설 속 설정이 드라마에서 어떻게 변주되는지를 비교해 보는 재미도 쏠쏠하다. 이런 다양한 요소 덕분에 시즌 3까지 방영된 〈셜록〉은 영국에서 매회

30퍼센트가 넘는 시청률을 기록했으며, 유럽 및 아시아 등 180개 나라에 판권이 팔렸다.

그러나 무엇보다 니에게 〈셜록〉은 눈물 없인 볼 수 없는 감동의 드라마로 남아 있는데, "누가 나 같은 놈이랑 살겠어"라고 내뱉던 셜록과 왓슨이 서로를 발견하며 변화되어 가는 과정이 굉장히 뭉클하게 다가왔기 때문이다. 시즌 전체를 통틀어 가장 좋아하는 장면을 꼽으라면, 시즌 1의 첫 에피소드, 초면인 셜록과 왓슨이 택시를 타고 사건 현장으로 이동하며 나누는 대화다.

만난 지 고작 몇 분밖에 안 돼서 자신이 왓슨의 과거 경험, 현재 상태, 형제 관계까지 하나도 틀리지 않고 정확히 맞힐 수 있었던 이유를 수다스럽게 설명하는 셜록. 입이 딱 벌어진 왓슨이 진심으로 감탄한다.

"아, 정말 대단하네요 Amazing."

그러자 셜록이 새침하게 말한다. "좀 생소한 반응이군요."

"주로 어떤 반응인데요?"

"꺼지라 piss off고들 하죠."

셜록의 대꾸에 고개를 돌리며 슬며시 웃음 짓는 왓슨. 그 미소에서 나의 괴상한 취향을 이해하는, 그리하여 나를 고독한 방에서 세상으로 끌고 나가 줄 상대를 발견했다는 기쁨이 읽힌다. 그렇게 남다른 두 남자가 서로를 알아 가는 이야기, 나는 〈셜록〉을 이렇게 멋대로 읽었다. 시즌2의 마지막 장면, 셜록의 무덤 앞에서 왓슨은 고백한다.

"너무 외로웠는데, 너에게 큰 빚을 졌어."

엉엉 울며 이 장면을 봤다.

〈셜록〉을 이렇게 BL물로 즐기고 있는 사람이 나뿐만은 아니다. 국내에서 처음 방영됐을 때 케이블채널 OCN이 만든 〈셜록〉의 예고편 영상은 이 드라마를 셜록과 왓슨의 러브스토리처럼 편집해 전 세계 팬들의 찬사를 받았다. 제작진은 신나게 동성애 코드를 곳곳에 숨겨 놓는다. 셜록의 아파트 주인 허드슨 부인은 두 사람을 연인으로 오해하는 대사를 계속해서 날리고, 셜록을 둘러싼 여러 여자들이 등장하지만 그들과 함께 있을 때의 셜록은 구제불능으로 뻣뻣하기만 하다.

시즌2의 마지막 에피소드에서 셜록이 죽자, 낙심한 왓슨은 결혼을 결심한다. 하지만 어쩔 수 없는 사정상 죽은 것으로 위장했던 셜록은 시즌3에서 부활하고, 왓슨이 여자친구에게 프러포즈하려는 순간 그들 앞에 나타난다. 그러곤 그사이 콧수염을 기른 왓슨을 보고 빵 터지더니, 너한텐 어울리지 않는다고 꼬집는다. 엄청나게 화를 내는 왓슨, 2년 동안 죽은 줄 알고 얼마나 괴로워하며 살았는데, 갑자기 멀쩡한 얼굴로 나타나 한다는 소리가 고작 그거냐. 그리고 다음 장면에서 슬며시 수염을 밀어 버리고 나타난 왓슨 씨, 와 이거 진짜 사랑 아닌가요.

광팬은 아니지만 야오이물(동성 간의 사랑을 그린 작품을 뜻하는 일본어 속어)을 꽤 찾아 본 적이 있다. 무시무시한 성애 장면이 나오는 하드코어 말고 《서양골동양과자점》이나 《어제 뭐 먹었어?》 같은 아기자기한 만화 취향이다. 도대체 왜 BL을 좋아하냐 묻는다면 재밌으니까. BL 역시 사랑 이야기일 뿐이고, 동성 간의 사랑이라는 설정 때문에 가능한 가슴 아픈 스토리, 극적인 상황 묘사들이 마음을 두근두근하게 만든다.

무엇보다 성적인 묘사에 관한 한 BL이야말로 훨씬 여성 취향이다. 하나같이 수박 같은 가슴에 개미허리를 가진 여자들이 나오는 만화를 볼 때의 불편함보단, 잘생긴 두 남자가 사랑을 나누는 모습이 더 짜릿한 것이 사실이고.

그리고 가장 강력한 이유 하나 더. 아름다운 그를 다른 여자에게 보내느니 차라리 남자에게 주리라. 혹시 〈왓 위민 원트〉라는 영화를 기억하시는지. 여자들의 속마음을 읽을 수 있게 된 남자 주인공이 자신을 따라다니는 여자를 거절하는 장면 말이다. 그녀를 만날 수 없는 핑계를 찾아 더듬거리는 남자 앞에 선 여자가 마음속으로 외친다. '제발 게이라고 말해! 게이라고 말하라구!' 그가 그 마음을 읽고 "사실 게이였다"고 거짓말을 하자 그녀는 홀가분한 표정으로 떠난다. 내 남자가 될 수 없는 건 가슴 아프지만, 원래부터 내 것이 될 수 없는 존재라면 충격은 덜하다.

이야기가 엉뚱한 방향으로 흘러갔다. 하여간, 남자면 어떻고 여자면 또 어떤가. 중요한 건 나를 발견해 주는 사람이다. 우리는 누구나 '있는 그대로의 나'를 받아들여 줄 사람, 결점까지도 능력의 한 단면으로 이해해 줄 누군가를 갈구한다. 제발 여기를 좀 봐 줘, 사람들 속에 숨어 있는 나를 좀 발견해 줘. 예쁘지도 멋지지도 귀엽지도 않지만, 그래도 사랑받을 만하다고 말해 주면 안 되겠니. 네가 도와준다면 나도 용기를 내서 세상 밖으로 한 걸음 내딛어 볼 수 있을 것 같은데 말이야.

원작 소설에서도 드라마에서도 왓슨은 셜록의 모든 것을 100퍼센트 받아들여 주는 사람이다. 그의 절대적인 믿음과 지지는 "고기능성 소시오패스"라고 스스로를 자조하던 외톨이 셜록을 인간적 매력까지 갖춘 완벽한 천재로 만들어 준다. 왓슨이야 물론 셜록의 사랑 속에서 뛰어난 의사이자 현명한 판단력을 소유한 '볼매남'으로 진화하고.

이런 드라마는 현실에선 아마 불가능할 것이다. 하지만 그래서 더 낭만적이다. 더 마음이 뭉클하다. 우리가 꿈꾸는 이상적 관계의 희박한 가능성을 깨닫고, 그러기에 좋은 관계를 맺고 지켜가기 위한 노력을 더욱 값지게 여길 수 있게 된다. 그리고 마침내, 서로가 서로에게 가장 소중하고 유일한 존재가 된다면, 그것이야말로 인간이 경험할 수 있는 최고의 축복 아닐까. 드라마의 바로 이 장면에서처럼 말이다.

늘 그러듯이 실랑이를 벌이며 갑론을박하던 두 남자. 셜록의 쌀쌀맞은 대꾸에 서운해진 왓슨이 투정부리듯 말한다. "나도 네 친구들 중 한 명이잖아." 하지만 셜록은 왓슨의 말이 채 끝나기도 전에 단호히 외친다. "노!" 그간의 사랑과 헌신을 허물어뜨리는 셜록의 매정한 대답에 좌절하는 왓슨. 파르르 돌아선다. 하지만 다음 순간, 셜록의 말을 들은 왓슨의 얼굴에 번지는 놀람(과 행복감). "넌 나의 유일한 친구야." 오 아름다워라, 너희는 정말 완벽한 영혼의 짝이야.

어둠의 빛

누구에게나 마음을 꼼짝 못 하게 만드는 어떤 장면이 있을 거다. 나의 경우, 주로 이런 종류다. 누군가 홀로, 구석진 어딘가에, 어깨를 웅크리고 앉아 있는 뒷모습.

도쿄에 있는 지브리 박물관에 갔을 때다. 아기자기하고 예쁘게 꾸며 놓은 상설 전시실을 구경하다 한 소년의 뒷모습을 발견했다. 지브리가 제작한 애니메이션 〈모노노케 히메〉에 나오는 숲의 정령 고다마. 어깨를 둥글게 만 꼬마 고다마가 미야자키 하야오 감독의 작업실을 재현한 전시장 한구석에 벽을 향해 머리를 처박은 채 앉아 있었다. 어린이들이 와글와글한 그곳에서, 홀로 외로워 보이는 그 아이가 맘에 박혀 눈을 뗄 수 없었다. 전시장 안에서는 사진 촬영이 금지여서 사진으로 데려오지도 못하고, 쓰다듬어 주고 싶은 그 작은 등을 보며 한참을 서 있었던 기억이 있다.

팀 버튼 감독의 그림책 《굴소년의 우울한 죽음》을 읽다가 이한 장면에 또 마음이 울컥했다. 머리가 굴 껍질 모양이라 굴소년으로 불리는 샘이 비를 맞으며 오도카니 바다를 내려다보고 앉아 있는 뒷모습. 남들과는 다른 이상한 생김새 때문에 친구들에게 '대합'이라 놀림받고, 부모님의 고민이자 슬픔이 되어 버린 굴소년. 그림 옆에 이런 설명이 붙어 있다. "어느 봄날 오후, 샘은 비를 맞고 있었어요, 바닷가 한구석에서, 빗물이 소용돌이치며 배수구로 빨려드는 것을 지켜보았죠."

어두운 아이였던가, 잘 모르겠다. 수도권 소도시의 공단 옆 여자 중학교에는 검은 비닐봉지에 본드를 담아 불거나, 비장한 표정으로 면도칼 씹기를 연습하는 아이들이 있었다. 할 일이 그것밖에 없다는 듯, 늘 본드에 취해 책상에 엎드려 있는 짝의 등을, 조용히 손으로 쓸어내리곤 했었다. 내 안에 있는 어떤 어둠을 생생하게 감지한 건 밝고 화려한 대학 캠퍼스에서였다. 여긴 내가 있을 곳이 아닌 것 같다는 이질감과 싸웠던 이십대는 정신 승리를 향한 수련 과정 같은 것이었는지도 모르겠다.

나는 나의 어둠이 언젠가 나를 구원하리라 생각했다. 꼬마 때 산동네 언덕배기를 오르내리며 처음 감지했던 그 어둠이, 중학교 때 면도칼을 씹던 친구들에게서 흡수한 그 어둠이, 떠들썩한 대학 캠퍼스에서 느껴지던 그 외로움과 수습기자 시절 인생의 조잡함을 온몸으로 느끼게 했던 경찰서 유치장의 풍경까지, 유전자와 환경이 상승 작용을 일으키며 형성된 나의 어둠과 비관, 냉소가 언젠가 나의 힘이 될지 모른다고 믿었던 것 같다. 다른 사람들의 눈에는 보이지 않는 그 어떤 진실을 내게만 밝혀 주는, 나의 '빛'을 위한 나의 '어둠'이라고.

삼십대의 우울했던 어느 날, 꽉 막힌 마포대로를 지나가다 불현듯 절망에 사로잡혔다. 빛을 위한 어둠 좋아하네. 나의 어둠은 그지 어둠일 뿐인 거야. 어두운 렌즈로 바라보고 있으니 세상은 이렇게도 온통 깜깜한 것투성이인걸. 진실이 어디에서 어떤 밝기로 빛나고 있는지 이 렌즈로는 도저히 알 수 없을지도 몰라. 누구나 자신만의 렌즈로 세상을 보는 거라면 차라리 남들에게 '뭘 모른다'는 소리를 듣게 되더라도 인생을 통째로 뽀샵 처리해 버리는 게 나을지도 모르겠어.

내 안의 어둠을 끌어안고 어쩔 줄 몰라 헤맸던 내가 팀 버튼의 작품을 좋아하는 건 당연하다. 그는 어둠의 에너지를 어떻게 하나의 작품으로 승화시킬 수 있는지 누구보다 생생하게 증언하는 사람이니 말이다. 그의 작품 중 겨울이면 한 번쯤은 다시 보게 되는 영화 〈크리스마스의 악몽〉. 참으로 슬픈 내용이다.

주인공 잭은 각종 괴물들이 모여 사는 핼러윈 마을을 지배하는 호박의 제왕. 하지만 매년 핼러윈마다 듣는 아이들의 절규가 이젠 지겹다. 어느 날 우연히 크리스마스 마을을 엿보게 된 잭, 이 마을의 밝고 생동감 넘치는 분위기에 매혹된다. 음침함과 냉소가 지배하는 핼러윈 타운과 달리 형형색색의 불빛과 아이들의 웃음이 넘치는 크리스마스 마을. "이건 뭐지? 이 마을 사람들은 왜 다들 행복해 보이는 거지?" 그 밝음을 질투한 잭은 크리스마스를 자신의 것으로 만들겠다며 산타클로스를 납치해 버린다.

빗물이 하수구로 빨려드는 모습을 멍하니 바라보는 굴소년도 그렇고, 밝음의 세계를 발견하고 그것에 욕심을 내버린 잭 역시 팀 버튼 감독의 페르소나다. 아버지와는 사이가 나쁘고 학교에서는 왕따였던 소년 시절, 감독은 상상 속 괴물 캐릭터를 그리며 외로움을 달랬다고 한다. 마음 깊이 밝은 곳을 동경했지만 쉽게 녹아들 수 없었다. 아이들을 즐겁게 해 주고 싶어 산타클로스로 변장하지만 의도와 달리 아이들에게 겁을 주고 마는 잭처럼. 아이들의 크리스마스를 망쳐 놓은 잭이 "내가 무슨 짓을 했나. 난 정말 좋은 것을 주려 했을 뿐인데" 하고 노래 부르는 장면은 절절하다. 다가가고 싶지만 받아들여지지 못하는 슬픔. 하지만 잭은 결국 자신의 자리로 돌아와 "다음 핼러윈 땐 아이들이 정말 무서워하도록 혼신을 바쳐"보기로 결심한다. 어울리지 않는 산타 코스프레 대신 자신만이 해낼 수 있는 역할이 있음을 깨닫는다는, 꽤 긍정적인 마무리다.

　팀 버튼 감독이 만든 거의 대부분의 작품에는 남들과 달라 슬픈 존재들이 나온다. 〈배트맨〉의 펭귄맨이 그렇고, 〈가위손〉의 에드워드도 그렇다. 이들은 해피엔딩과는 거리가 먼 운명을 살고 있지만, 결국 어둠만이 해낼 수 있는 역할을 찾아낸다. 감독은 말한다. "삶이란 궁극적으로 비극이라고 생각하는 편이지만, 그건 대단히 긍정적인 방식의 비극성이다. 살다 보면 비극적인 일을 수없이 겪게 마련이고, 그게 다 나쁘기만 한 것은 아니다. 그래서 나는 비극을 재미있게 표현하는 일이 좋다."

　나의 어둠도 당신의 어둠도, 아마 뭔가를 해낼 수 있을 것이다. 크리스마스의 제왕은 되지 못했지만, 핼러윈에는 더없이 어울리는 괴물이었던 잭처럼. 아니면 팀 버튼의 캐릭터 중 내가 가장 사랑하는 검댕소년처럼이라도.

검댕소년은 슈퍼히어로지만, 높은 건물을 날아다니지도 못하고, 기차보다 앞서 달리지도 못한다. 그가 가진 유일한 재주는 더러운 검댕을 남기는 것뿐. 크리스마스를 맞아 새 옷을 장만한 검댕소년은 기뻐하지만, 몇 분도 안 돼 눅눅하고 번질번질한 검댕이 다시금 옷에 끼기 시작한다. 흑흑 흐느껴 우는 검댕소년(귀엽다!). 팀 버튼은 이렇게 웃겨 준다. (할 줄 아는 건 검댕을 묻히는 일밖에 없기에) "이제까지 모든 슈퍼히어로 중에 가장 특별하다"고. 세상 구석구석의 희고 깨끗한 모든 곳을 찾아가 조용히 검댕 하나쯤 남기고 돌아오기. 이것도 누군가는 해야 하는 일 맞잖아?

완전체인 그들

"왜 연애를 하고 싶으세요?"

이것이 과연 소개팅에 나온 남자가 상대녀에게 던지기에 합당한 질문인가? 나에게 궁금한 것이 그렇게나 없단 말인가. 갑작스런 질문에 나도 모르게 이런 대답이 튀어나왔다.

"어… 그게요, 크리스마스랑 연말을 어떻게 보내야 할지 모르겠어서."(이해해 달라. 남친과 헤어진 지 얼마 안 돼 찾아온 12월이었단 말이다.)

음, 하고 잠시 허공을 바라보던 그가 말했다.

"아직 멀었네요. 저도 그런 때가 있었죠. 용기를 갖고 혼자 연말을 견뎌내 보면, 그렇게 몇 년 계속해 보시면, 혼자 조용히 보내는 연말의 기쁨을 아실 날이 올 거예요."(오 이런… 그냥 연말을 나랑 같이 보낼 생각이 없다 말해 달라 말이다.)

이 땅에 살고 있는, 소위 번듯하다고 일컬어지는 삼십대 이상의 남자들과 수차례 소개팅을 하면서, 이 세상엔 남자와 여자 그리고 하나의 족속이 더 있다는 결론에 이르게 되었다. 자신 외에는 그 누구도 필요하지 않아 보이는, 존재 자체로 완결성을 갖는 사람들, 농담으로 '자웅동체'라 부르곤 했다.

그들의 특징이란, 대체로 예의 바른 편이고 여유로우며 잘생기지는 않았어도 적절히 가꾼 외모를 가졌으며, 다양한 분야에 관심이 있고, 그중 일부에 관해서는 전문가 수준의 지식을 갖추어 남 앞에서 드러내길 인생의 즐거움으로 삼고 있다는 것 등이다.

서른 즈음에 만난 한 문화인류학 박사님은 만나는 내내 자신의 뛰어난 문화적 역량을 프레젠테이션하기에 여념이 없었다. 내 딴에는 추임새를 넣어 보겠다며, "아, 저도 만화 좋아해요. 호호"로 응수했더니 갑자기 전투 모드로 돌아섰다. "만화요? 주로 어떤 만화 읽으시는데요?"(네가 알면 얼마나 알겠냐는 말투다.) 그리고는 이런저런 코믹 만화의 제목을 주워섬기는 내게 말했다.

"노노, 만화의 세계는 넓고도 깊죠."

쌀집 아저씨 같은 외모를 가졌던 어떤 광고 회사 디자이너는 패션에 관심이 많아 옷을 사러 3개월에 한 번씩 규칙적으로 일본에 간다고 했다. 우라하라주쿠, 다이칸야마, 기치조지 등 도쿄 구석구석 쇼핑 스트리트에 있는 옷집들의 이름을 줄줄 외워, 나름 일본깨나 다녀 봤다는 나의 입을 막아 버렸다.

또 이런 분도 계셨다(존댓말이 절로 나온다). 삼십대 중반을 넘어서며 자신의 삶이 어디를 향하고 있는가 하는 궁금증에 동양철학을 공부하기 시작했다고 했다. 그러면서 자신의 삶을 옥죄는 욕망의 실체를 발견하고 마음의 평안을 찾았단다. 쉬는 날에는 단전 호흡을 즐기고 계신다는 그분. "평온해지셨다니 너무 부럽네

요…." 하루하루 백팔번뇌에 시달리는 중생일 따름인 내 입에서
탄성이 절로 튀어나왔다.

이런 남자들을 가리키는 신조어로 '독신 귀족'이 있다. 크게
유행한 건 아니고 후지TV가 방영한 드라마 제목으로 잠시 회자
되었던 말이다. 경제적으로 여유가 있음에도 불구하고 자유로운
생활을 포기하기 싫어 결혼을 거부하는 자발적 싱글 남녀(그중에서
도 주로 남자)를 뜻한다. 불안정한 수입으로 결혼을 못하는 '결혼 포
기족'과 쌍벽을 이루며, 일본 사회의 비혼 및 저출생 현상의 주범
으로 지목받는 이들이다.

드라마의 주인공은 유명 영화 제작사 사장인데, 고급 리무진
을 타고 다니며 초고층 아파트의 펜트하우스에 산다. 집에는 미국
드라마 〈섹스 앤 더 시티〉의 캐리에 버금가는 구두 컬렉션을 갖추
고 있다. 데이트는 즐기지만 '데이트가 끝나도 여자가 집까지 따
라 들어오는' 결혼은 싫다. "결혼하느니 할복을 하겠다"는 이 남자
가 가난한 시나리오 작가와 어찌어찌 얽히면서 진정한 사랑을 깨
닫고 맺어진다는, 그렇고 그런 이야기다.

하지만 제아무리 귀족이라도 외로움을 피할 수는 없다. 그렇
게 살면 쓸쓸하지 않으냐는 질문에 주인공은 답한다. "1년에 이틀
외롭다. 하지만 그 이틀을 위해 나머지 363일을 망칠 순 없다."

불평처럼 늘어놓았지만 사실 이런 남자들, 매력 있다고 생각
한다. 부럽기도 하다. 혼자서도 당당할 수 있는 강인한 정신이 부
럽고, 다양한 취미로 삶을 가꾸는 모습도 아름답다. 약간의 잘난

척만 참을 수 있다면 이들과 대화하는 시간 역시 즐겁다. 단, 완전체인 그들의 잘 짜인 삶을 비집고 들어갈 자신이 없어 안타까울 뿐. 사실 그들의 내면은 외롭고 고독한 소년이며, 그렇기에 소개팅에 나온 것이고, 너에게 틈을 보이지 않은 것은 단지 네가 맘에 들지 않아서가 아니겠냐고, 굳이 지적을 하신다면, 거 참.

그런데 이렇게 헤매고 있는 나 역시, 어떤 남자들에게는 완전체로 비칠지 모른다는 걸 최근에야 깨닫게 되었다. 다른 회사의 남자 기자들과 함께 유럽 출장을 갔을 때였다. 홀로 여행 다니는 상황에 익숙한 나는 시간이 남을 때면 혼자 미술관에 가거나 쇼핑을 했다. '오늘 저녁은 시내 무슨무슨 식당' 하는 통보가 오면 구글 맵스를 켜고 시간도 칼같이 맞춰 그 장소에 도착했다.

한편, 일행 중 여성 A씨가 있었는데, 그녀는 조금 달랐다. 매일 아침 사람들에게 "오늘은 어디 가실 거예요? 저도 데려가 주세요. 제가 지리를 잘 몰라서요"라고 했다. 출장 막바지, 다 함께 대형 슈퍼마켓에 들러 선물을 고르는데, 역시나 그녀, 뭐가 잘못됐는지 계산대 앞에서 우왕좌왕하고 있었다.

그러자 한 남자 선배가 그녀를 도와주러 가야겠다며 말했다. "A씨는 손이 많이 가는 스타일이야." 그러고는 그새 계산을 마치고 쇼핑백을 든 채 멀뚱히 서 있는 나를 흘깃 돌아보며 한마디 던진다. "영희 씨는 너무 손이 안 가. 어디에 갖다 놔도 걱정이 안 돼. 그게 문제라고."

아 그런 것이었나. 나는 '손이 안 가는 여자'였던 것인가. 정녕 그것이 문제였더란 말인가. 다들 아는 사실인가? 왜 나만 몰랐지?

소설가 다나베 세이코의 《서른 넘어 함박눈》이라는 책에 이런 구절이 있다. "혼자 산다는 건 어렵다. 오해받기 쉽다. 고영오연(외롭고도 도도한 모습)하게 살지 않으면 모욕을 당한다. 그러나 또한 어딘지 조금 애처로운 데가 없으면 얄밉게 보인다. 그러나 또한 너무 애처로운 티를 내면 색기가 있다는 말을 듣는다. 그 균형이 어렵다."

그렇다. 도도함과 애처로움, 그 사이에서 적절한 균형점을 찾는 일은 쉽지 않다. 나는 주로 도도해야 할 때 애처롭고, 애처로워야 할 때 도도했던 것 같다. 나도, 완전체로 보이는 그들도 그 균형을 찾지 못해 이런저런 오해를 받고 있는 것일지도. 어찌 싱글만 그렇겠냐마는, 사는 일이란 참 어렵구나 어려워.

누구한테 피해를 주는 것도 아니니까

나는 '건어물녀'라는 단어를 한국에 처음 소개한 기자다(라고 한번 자랑해 본다). 일본어로는 히모노 온나干物女라고 하는데, 히우라 사토루의 만화《호타루의 빛》에 처음 등장했고, 이 작품을 각색한 니혼TV 드라마(2007년)를 통해 널리 알려졌다. 드라마의 주인공 호타루처럼 직장에선 누구보다 일 잘하고 똑 부러지는 '알파걸'이지만 퇴근하면 후줄근한 추리닝 차림에 떡진 머리로 맥주에 오징어를 벗 삼는 싱글 여성을 뜻한다.

"역시 집이 최고!"라는 말을 입에 달고 살며, 주말에도 피곤을 푸느라 늘어져 있다 보니 연애 세포가 말라비틀어진 건어물처럼 됐다고 해서 건어물녀다.

아무도 없는 집에 들어가기 싫었던 때가 있었다. 퇴근 후에는 학원에 다니거나 운동을 하고, 그마저 없는 날이면 무조건 약속을 잡았다. 밤 10시가 넘어 '이제는 우리가 집에 가야 할 시간'이란 느낌적 느낌이 찾아올 때까지 무작정 밖을 고집했다. 일찍 퇴근해 집에서 혼자 빈둥대며 보내는 시간이 휴식이 아니라 외로움과의 전쟁처럼 느껴졌었다.

그러다가 직장 생활 5년차를 넘어가면서 차츰 집이 좋아지기 시작했다. 체력은 점점 떨어지고, 일은 고되고, 일 말고 다른 데 정신을 쏟을 여유가 사라지면서부터. 7시나 8시쯤, 아직은 이른 저녁, 집에 돌아와 저녁과 함께 맥주 한 캔을 마시고, 텔레비전을 틀어 놓은 채 청소를 하고, 만화책을 읽다 빈둥대며 잠드는 일과가 즐거워졌다. 사회생활의 공력이 쌓일수록 자취방은 업그레이드돼, 집다운 모양새를 갖추게 된 것도 큰 이유랄 수 있다.

아무튼 건어물녀라는 표현이 생겨나기도 전에, 앞서가는 건어물녀의 삶을 살고 있었다.

《호타루의 빛》의 건어물녀 호타루는 설정만 좀 구리구리할 뿐, 정작 내용은 까칠한 이혼남 다카노 부장과 우연히 같은 집에 살게 되면서 사랑에 빠진다는, 흔한 로맨틱 코미디다. 하지만 아마도 수많은 이삼십대 직장 여성들을 열광케 한 것은 마치 나 자신을 보는 듯한 건어물녀의 리얼한 일상 때문일 것이다. 이 드라마가 방송된 후 일본에서는 '건어물녀 자가 테스트'가 유행했는데, 항목에는 이런 것들이 있다.

- 제모는 여름에만 하면 된다고 생각한다.
- 방에 널어놓은 빨래는 개기 전에 그냥 입어 버린다.
- 라면은 냄비째로 먹는다.
- 최근 일주일간 가족과 회사 동료 외의 이성과 10분 이상 말해

본 적이 없다.

———

등등. 근데, 여기서 잠깐, 라면은 원래 냄비째로 먹어야 더 맛있지 않음? 빨래를 개기 전에 입으면 노동력도 아끼고 옷장도 한가하고 얼마나 좋은데 그러시나.

허나, 이 드라마에는 결정적 결함이 하나 있었으니, 주인공 호타루 역을 맡은 배우 아야세 하루카가 지나치게 예쁘다는 사실이다. 헐렁한 추리닝 바지에 목 늘어난 티셔츠, 〈미래소년 코난〉의 포비 헤어스타일을 하고 마루를 데굴데굴 구르는데도 그녀는 (여자가 보기에도) 너무 귀엽다. 알다시피 제대로 된 시청자라면 이런 드라마는 반드시 맥주캔을 옆에 두고, 건어물녀의 늘어진 포즈를 재현하면서 봐야 한다. 하지만 그사이 실수로라도 거울을 보면 안 된다! 엉덩이를 벅벅 긁으며 냉장고를 뒤지는 모습마저 깜찍한 건 그게 아야세 하루카이기 때문이라는 것을 부디 잊지 말자.

어느 주말인가 아야세를 코스프레한 복장으로 소파에 누워 일드 삼매경에 빠져 있었다. 드라마가 끝나고 화면이 어두워진 잠깐 사이, 텔레비전 브라운관에 어렴풋이 비친 '진짜 건어물녀 한 마리'를 목격하고야 말았는데… 더는 차마 묘사하지 못하겠다. 그저, 가벼운 마음으로 딴 맥주 한 캔이 폭음으로 이어졌다는 고백만 하련다.

건어물녀 외에도 일본에선 유난히 결혼을 안 한 여성들만 콕

짚어 부르는 용어들이 자주 등장한다. 그중 대표 주자가 이제는 역사 속 용어가 되어 버린 마케이누負け犬. '싸움에 진 개'라는 뜻으로 삼십대 이상의 미혼, 아이 없는 싱글 여성을 뜻한다. 반대 말은 남편도 있고 아이도 있는 승리한 개, 카치이누勝ち犬. 6~7년 전쯤에는 '아라포'라는 알쏭달쏭한 단어가 한창 유행했는데, 어라운드 포티around 40의 준말로, 소비력이 왕성한 40세 전후의 미혼 직장여성을 뜻한다. 아라포를 목전에 둔 삼십대 인근의 미혼 여성을 가리키는 아라사around 30도 있다. 2008년 일본 TBS에서 방영된 드라마 〈어라운드 포티-주문 많은 여자들〉에 등장하면서 한때 유행했다.

비교적 최근에 나온 용어로 오야지 온나おやじ女子도 있다. 오야지는 아저씨, 온나는 여자란 뜻이니, 합치면 '아저씨 같은 여자'쯤 될까? 외모 가꾸기와 연애를 포기하고 남성화 되어 가는 삼사십대 여성들을 가리키는 신조어인데, 건어물녀의 10년 후 버전쯤 된다. 그리고 '오야지 온나 자가 테스트'에는 이런 항목이 있다. 휴일에는 종일 파자마 바람. 화장실에 갈 땐 신문을. 예쁜 여대생을 보면 나도 모르게 미소 등등. (어쩌지. 쓰면서 나도 모르게 흠칫했어….)

결혼이라는 안정보다는 싱글로서의 삶을 택하고야 마는 유형의 여성들이 늘어난 데는 물론 사회의 변화가 한몫했다. 일본에서는 흔히 여성의 고소득이 보장됐던 버블경제의 산물이라거나, 열악한 보육 환경으로 인한 출산 기피 경향 등을 자주 이유로 거론한다. 이런 분석은 '출산 파업'이라는 말까지 등장한 한국의 사정과도 크게 다르지 않다.

하지만 실제 삼십대를 싱글로 살아가는 이들에게 물어보면, "글쎄, 나도 모르게 이렇게 돼 버렸네"라는 답이 가장 흔하다. 나 역시 마찬가지. 딱히 일에서 보란 듯이 성공하고 싶었던 것도 아니고, '아이 키우기 힘든 세상이니 결혼 같은 건 안 해' 단호히 결심한 적도 없다. '골드미스'라는 말이 유행했을 때도 남 이야기만 같았고, 문득 정신을 차려 보니 아라사인지 아라포인지가 되어 버렸으나, 어쨌거나 꾸준히 거어묶녀긴 했던 것 같다.

어쩌다가 여기까지 왔는지는 알다가도 모르겠고, 싸움에서 진 건지 이긴 건지도 알 수 없다. 그러나 남들이 나를 뭐라고 규정한들 그게 뭐 그리 대수랴. 그저 지금의 내 모습을 받아들이며, 상처에는 스스로 반창고를 붙여 가며, 그렇게 나를 지켜 갈밖에.

요즘도 여전히 집을 좋아한다. 퇴근 시간이 다가오면 빨리 집에 가서 소파에 몸을 묻고 텔레비전을 볼 생각으로 가득하다. 약속 없는 주말도 견딜 만하다. 가끔 소개팅이 잡혀 차려입고 나가야 하는 날이면 구시렁댄다. 아 그냥 집으로 불러서 편한 차림으로 만나면 안 되는 건가(당연히 안 되겠지요. 압니다요).

'무조건 나가라, 문밖에 남자가 있다'고 친구들에게, 연애지침서에게 아무리 구박을 들어도 이런 내가 바뀔 것 같진 않다. 한데, 이렇게 계속 살면 또 어떤가. 누군가의 행복을 방해하거나 피해를 주는 것도 아니잖아.

저를 부담스러워하지 마세요

"말술일 듯"이란 인상평을 자주 듣지만 슬프게도 술이 약하다. 술버릇은 '귀가'다. 조금씩 술기운이 돌기 시작하면 머릿속에서 경고 방송이 들리기 시작한다. "아 취하기 시작했어. 빨리 집에 가야 하는데."

처음부터 이런 바람직한 술버릇의 소유자는 아니었다. 나의 주량을 잘 몰랐던 대학 신입생 무렵, 이런저런 과 행사, 무슨무슨 동아리 행사에서 주는 술을 그대로 받아 마시다 조금 과하게 취한 적이 있었다. 동아리 선배에게 부축을 받으며 어찌어찌 택시를 잡아타고 집에 갔던 것으로 기억한다. 그리고 다음 날 이런 이야기를 듣게 된다.

"야. 너 키도 크고 술 잘 마시게 생겼는데 잘 못 마시는구나. 어제 너 부축하느라 죽을 뻔했어. 지금도 팔이 아프다 아우."

이런 병명이 실제 있는지 모르겠으나 멋대로 붙인 명칭에 따르면, 알코올성저혈압 증세가 있다. 술을 급하게 마시고 자리에서 일어나는 순간, 피가 아래로 쏠리는 느낌이 들면서 눈앞이 하얘진다. 기자라는 직업을 택한 탓에 입사 후 얼마간은 폭탄주를 자주 마셔야 했다. 전쟁 같은 술자리 뒤 이런 증상이 찾아오면 가까운 곳 어딘가, 계단이나 벤치 같은데 20~30분 앉아 있어야만 한다. 그러면 슬슬 피가 돌기 시작하면서 언제 취했냐는 듯 회복이 된다.

이런 나를 보며 괜찮니, 집에 데려다 줄까, 걱정하는 사람들이 있었다. 하지만 극구 거부하는 습관을 갖게 되었다. 괜찮습니다. 저 혼자 조금만 앉아 있다 갈게요. (나중에 너 운반하느라 힘들었다 하지 마시고) 부디 먼저 가 주세요.

키가 커서 슬픈 짐승이었다.

라고 말하니 비난이 들려오는 듯하다. 뭐라고? 지금 자랑하나? 하지만, 좀 들어 보시라. 키가 작은 이들이 세상을 살기 힘든 딱 그만큼, 키큰녀들에겐 키큰녀만의 고난이 있다. 초등학교 땐 또래 남자아이들보다 한 뼘은 큰 아이였고, 사춘기 때도 매해 부지런히 자라 키로는 반에서 3등 이내를 사수했다.

몸만 친구들보다 컸을 뿐 남들 앞에 잘 나서지 못하는 성격이었다. 그런데 큰 키 때문에 눈에 띄어 자꾸 반장이나 학급 위원, 조 대표 같은 것을 맡게 된다. 여중고에선 힘쓸 일들은 자연스럽게 키 큰 여학생들의 몫. 책상이나 청소도구, 체육시간에 쓸 배구공이 담긴 박스 등을 옮겼다. 포크댄스나 연극을 할 때는 무조건 남자 역할.

잊혀지지 않는 기억이 있다. 중학교 때인가 무슨 일인가로 수

학선생님께 불려가 출석부로 여러 대 맞았다. 억울하고 서러워 복도에서 울고 있는데, 지나던 다른 선생님이 말했다. "너는 덩치도 '산'만 한 게 애처럼 울고 그러니? 뚝 그쳐라." 예민한 여중생에게 '산'이라뇨. 설악산입니까 한라산입니까 선생님.

그 선생님에게 들었던 비슷한 말을 20여 년 뒤 소개팅에서 듣게 된다. 경험상 확실한 건 여자의 큰 키는 연애에(특히 연애의 시작에) 방해가 된다. 소개팅을 주선해 주는 친구들은 상대방에게 늘 미안한 듯 "내 친구가 키가 좀 큰데…"라고 양해를 구해야 했다고 고백한다.

한번은 광화문의 카페에서 말이 잘 통하는 한 남자를 만났다. 차를 마시며 앉아 있는 2시간은 분위기가 좋았다. 그러나 자리에서 일어나 밖으로 나오는 순간, 급격히 어색해진다. 하이힐을 신지 말았어야 했는데…. "키가 생각보다 크시네요"라는 상대의 말이 "저는 당신이 별로입니다"로 들렸다. 그 남자와는 두 번쯤 만났던가. 키가 큰 것도 작은 것도 잘못은 아닌데 나는 당신이 나를 부담스러워할까 봐 불편하고, 당신은 내가 불편해하는 것 같아 부담스럽다.

또다른 소개팅 상대는 키가 꽤 큰 편이었는데 아마 아담 사이즈의 여성이 취향이었던 모양(이라고 애써 위로한다). 첫 만남을 마친 후 주선자인 친구에게 그는 머쓱해하며 말했다고 한다. "식당에 들어갔는데 '말'만 한 처자가 앉아 있더라구." '말'이라뇨. 조랑말입니까 유니콘입니까 이 아저씨야.

언젠가 자신보다 키가 작은 남자와 사귀고 있다는 여성이 큰 키 때문에 살기가 불편하다며 팟캐스트에 보낸 사연을 들었다. 모델 홍진경 씨가 이런 답을 했다. "저는 그래도 괜찮았어요. '모델 일 해요'라고 하면 누구도 키 얘기를 더 이상 안 하거든요. 모델 학원을 다니든, 아마추어 무대에 서든 한번쯤 모델과 비슷한 일을 해보세요. 그리고 사람들이 키 얘기를 하면 '모델이에요'라고 하면 됩니다."

좋은 방법이다. 하지만 모델은 아무나 하나. 살 빼다가 노녀기를 맞게 될 것이다. 그리고 그렇게 멋진 모델들도 술버릇은 귀가란다. 언젠가 모델 여러 명이 TV 오락프로그램에 나와 술자리 이야기를 하다 말했다. "우리는 다들 정신 바짝 차리고 술을 마셔요. 우리 같은 거구들은 쓰러져도 업어서 데려다줄 사람이 없거든요." 아 눈물 난다 동지들이여.

성장이 조금 빨랐다는 이유로 어린애처럼 굴 기회를 자신도 모르게 놓쳐 버린다. 친구들 사이에서는 자연히 형이나 언니 같은 역할을 맡게 된다. 어리광을 피우거나 벌레를 보고 꺅 소리를 지르면 "안 어울리게 왜 그러냐"는 핀잔을 듣는다. 그래서인지 남자건 여자건 키가 큰 사람들 중엔 어른이 되어서도 왠지 어수룩하고 자기표현에 서툰 사람들이 많은 것 같다(는 내 멋대로 해석이다).

맘껏 어리광을 피우거나 펑펑 울지 못했던 어린아이가 남아 있다가 적절치 않은 순간에 불쑥 튀어나와 당황스럽게 만들기도 한다. 나로 말할 것 같으면, 타인이 머리를 쓰다듬어 주는 행동에 유난히 약하다. 누군가와 사귀기 시작하면 난데없이 의존적으로 변해 상대를 당황케 한다. "너 이런 애 아니었잖아…" 작은 것, 귀여운 것, 동글동글한 것에 유난히 집착하는 취향 역시 나의 몸에서 기인한 것이 아닌가 생각할 때도 있다.

그래도 (연애할 때 빼고) 웬만한 일은 누군가에게 부탁할 생각하지 않고 스스로 처리하는 습관을 갖게 된 것은 장점이라고 해야 하나. 회사에서 가끔 물을 받으러 갔다가 정수기 물통이 비어 있는 것을 발견하면 나도 모르게 초초해진다. 누가 뭐라고 하지 않았는데도 주어진 책임을 방기한 듯 발이 저린다. 비행기를 타고 내릴 땐 자연스럽게 키가 작은 옆자리 승객의 짐까지 같이 내려준다. 복사기에 종이가 끼면 누군가를 부르지 않고 알아서 덮개를 연다. 네가 그래서 연애를 못하는 거야, 라는 이야기를 들어도 할 수 없다. 복사기 안쪽 구석에 끼어 있는 찢어진 종이쪼가리를 발견, 긴 팔을 뻗어 깨끗하게 제거했을 때의 그 성취감은 꽤 괜찮으니까.

물론 키가 커서 좋은 점도 있다. 청바지를 샀을 때 밑단을 줄이지 않아도 된다(가끔 단을 늘리기도 한다구). 이번 겨울 엄청나게 유행하는 롱롱 패딩을 입어도 둘둘 만 김밥처럼 보이지 않을 수 있다(물론 거대 김밥이 될 위험성 있다). 책장 제일 위 칸에 꽂힌 책을 의자 없이 꺼낼 수 있다. 사람이 바글바글한 공연장에서도 비교적 무대가 잘 보인다. 출근길 지옥철에서도 윗공기를 들이쉴 수 있으니 질식사할 위험은 별로 없다. 음, 좋은 점이 의외로 많은걸.

〈업 포 러브〉라는 로맨틱 코미디가 있다. 키 176센티의 여성 디안과 키 136센티의 남자 알렉상드르의 사랑을 그린 프랑스 영화. 영화를 보며 인상적이었던 건 어자 주인공 디안이 자신보다 40센티나 작은 남자친구와 만나러 갈 때 늘 굽이 10센티는 너끈히 될 것 같은 하이힐을 신는 모습이었다.

주변 사람들의 시선에 맞추기보단 나의 스타일을 선택하겠다는 그 의지! 아아 굽 3센티 이상 되는 신발을 신어 본 지가 언제였던가, 라며 신발장에서 잠자던 7센티 힐을 신고 출근을 했다. 하지만 아뿔싸, 이젠 관절이 약해져 20여 분 걸었을 뿐인데도 무릎이 아파 오는구나. 안 되겠다. 얼른 회사 책상 밑 슬리퍼로 갈아 신는 슬픈 아침.

나이야가라

지난가을 부모님과 캐나다 나이아가라 폭포로 여행을 갔다가 놀라운 광경을 목격했다. 폭포 바로 앞까지 가는 페리에 탄 한국인 단체 관광객 100여 명이 쏟아지는 폭포수 파편을 온몸으로 맞으며 한목소리로 "나이아가라~"를 외치고 또 외치는 모습이다.

대자연의 장엄함에 절로 감탄이 터져 나왔다. 어리둥절해하다 깨달았다. 이들이 목놓아 외치고 있는 건 폭포 이름이 아니라 "나이야, 가라!"였다는 사실을. 한 TV 프로그램에 나온 연예인이 나이아가라 폭포를 찾아와 이 주문을 외쳤고, 이후 한국 관광객들이 따라하게 됐다는 건 나중에 알았다. 단체로 통성기도하는 듯한 그 모습에 충격. 근데 이상해, 부끄러운데 자꾸 따라하게 되네.

나이가 든다는 건 서글프지만 재밌는 일이란 생각을 가끔(만) 한다. 일생에 한 번 볼까 말까한 절경의 폭포수 앞에 서서 "나이야가라!" 민망해하지 않고 외칠 수 있는 것도 바로 나이듦의 증거 중 하나 아닐까. 그 당당함이라니! 어릴 적에는 "너도 내 나이 돼봐라"는 어른들의 이야기를 들으면 '아니 왜 저런 악담을?'이라 생각했었다. 하지만 차츰 깨닫게 된다. 어느 단계의 나이가 되지 않으면 절대 알 수 없는 것들이 있다는 것을.

예를 들어 다이어트 하는 소녀에게 "많이 먹어라. 튼튼한 게 최고다"라고 하는 말. 뭐야, 놀리는 거야. 그러나 어느새 '당 떨어진다'는 말의 의미를 아는 내가 되었다. 화장하는 소녀에게 "네 나이 때는 아무것도 안 발라도 예쁘다"고 하는 말. '뭔 소리야. 뭐라도 바르는 게 낫겠지'라고 생각했다. 그런데 요즘 여고생들을 만나면 얼굴이 빛난다는 게 저런 거구나 나도 모르게 쳐다보게 된다.

연말이면 친구들과 건강검진 이야기로 꽃을 피운다. 서른 넘은 직장인이란, 무언가를 테스트받을 일이 많지 않다. 그래서일까. 해마다 찾아오는 건강검진은 어른들의 기말고사 같다. 검진 예약을 해 놓으면 시험을 앞둔 수험생처럼 떨린다. 오늘부터라도 살을 빼자. 술도 좀 줄이자. 혈압은 괜찮겠지?

12시간을 꼬박 굶고 검진에 갔는데 몸무게는 왜 하나도 줄지 않은 것인가. 진단결과지에는 '추적검사요망' 항목이 부적 늘어났다. 식생활 테스트에서 '매우 나쁨'을 받았다. 기말 성적표를 받아들고는 심란해진다. 친구에게 물어본다. "너는 검진 괜찮았어?" "응, 나 이번에는 깨끗하더라구. 작년에 위염이 있었는데 괜찮아졌대." '올A'라도 받은 거냐. 신나게 답하는 친구에게 왠지 진 것 같은 이 기분.

가끔 빼곤, 나이가 든다는 것은 슬픈 일이다. 젊은 사람들 사이에는 나이 든 사람들에 대한 경멸이 넘쳐난다. 실제로 저렇게 늙어야지 싶은 사람은 많지 않은 반면, 저렇게 늙지 말아야지 싶은 사람들은 왜 그리 많은지.

고백하자면 마흔이 넘었다는 것을 쉽게 받아들이지 못했다. 아예 그 방향으로 생각을 거부하며 '4'라는 숫자는 나와 아무 관계 없다는 듯 시치미 뚝 떼고 살아간다. 그러다 가끔 혼자 길을 걸을 때 나는 이제 청춘이 아니다, 라는 생각이 불현듯 들면 그 자리에 멈춰서 땅을 파고 싶은 기분이 된다. 이대로 지구 중심을 통과해 반대편으로 나가 로드리게스 씨로 새 삶을 찾아보고픈 마음… 음 설명하기 어렵군.

그래서 읽기 시작했다. 다른 사람들은 어떻게 늙어 가고 있는가. 나이듦을 어떻게 받아들여야 하는가를 알려 주는 그런 책. 예를 들면 《미움받을 용기》의 공저자 중 한 명인 철학자 기시미 이치로가 쓴 《늙어갈 용기》라는 책이다. 저자는 50세였던 2006년 심근경색으로 쓰러져 죽음의 문턱까지 갔다가 살아나는 경험을 한다.

몸이 아프고 난 후 "동백꽃 선혈처럼 생기 넘치는 청년들을 바라보며 (…) 허전하고 고독한 질투를 느끼는 스스로에게 움찔 놀라기도 했다"고 고백하는 저자는 자기 안에서 자꾸 자라나는 늙음에 대한 두려움을 떨치기 위해 책을 펼친다. 소크라테스와 플라톤, 자신의 평생 연구 대상이었던 오스트리아 심리학자 알프레드 아들러 등의 철학을 돌아보며 '아픔과 늙음, 죽음'이라는 인생의 과제에 어떤 태도로 맞설까 고민했다. 생로병사는 불가항력이지만, 그 앞에서 한없이 움츠러들며 나이듦을 부인하고 싶지는 않았다. 그래서 '용기'가 필요해진다.

중년을 지나는 이들에게 저자가 강조하는 용기는 '인생의 과제와 대화할 용기'다. 사십대 이후에는 노화와 함께 질병과 죽음이라는 문제가 새로운 과제로 찾아온다. 저자에 따르면 아들러 심리학은 어떤 현상이 왜 나타났는가에 집중하는 '원인론'이 아니라 어디를 향해 가는가에 주목하는 '목적론'이다. 고로, '요주의'로 가득한 건강검진표를 받았다면, 왜 내가 병에 걸렸는가에 집착할 게 아니라 이것이 나에게 건네는 메시지는 무엇이며 어떻게 이 상황에 대응할지를 침착하게 고민하라는 것이다.

또한 중년은 변화를 위한 용기도 필요한 시기다. '알 만큼 안다'고 자신했던 고정관념을 부수지 않으면, 더이상의 발전은 불가능하다. 저자는 여기서 소크라테스의 가르침을 빌려 온다. 소크라테스는 제자들에게 늘 '스승'이라는 자신의 존재보다 자신이 말하는 내용에 집중하라고 강조했다. 예를 들어 신문에서 흥미로운 칼럼을 읽었다고 하자. 글을 쓴 사람을 보니 자신의 이념과는 거리가 있는 단체에 속한 인물이다. 그럴 때 "이런 사람이 하는 말은 귀기울일 필요가 없어"라고 단정해 버리지 말라고 저자는 조언한다. '누가' 이야기하는가 보다 '무엇을' 이야기하는가에 초점을 맞춰 판단하는 것. 그것이 나이가 들어서도 스스로를 성장시키는 길이다.

다른 스승님도 있다. 또 일본인인데(장수국가이지 않은가) 야마다

112

레이지라는 만화가다. 그는 일찌감치부터 늙음에 관심을 갖고 여러 어른들을 찾아다니며 인터뷰했다. 그 과정에서 나이가 들수록 지켜야 할 의무 3가지를 알았다고 말한다.

"불평하지 않는다. 잘난 척하지 않는다. 기분 좋은 상태를 유지한다."

간단해 보이지만 어찌나 어려운 덕목들인지. 나를 돌아본다. 불평하지 않으며 나이가 드는 건 이미 틀린 듯하다. 맘에 들지 않는 것은 왜 점점 많아지는가. 불평이라도 하지 않으면 속이 잘 풀리지 않는다. 잘난 척하지 않는 것도 쉽지 않다. 나는 잘난 척이 아니라 생각해도 상대가 잘난 척으로 받아들인다면 손쓸 도리가 없다.

세번째 '기분 좋은 상태를 유지한다'가 맘에 든다. 명랑한 할머니로 늙고 싶은 게 꿈이니 당장 도전해 보고 싶다. 저자는 몇 가지 팁을 가르쳐준다. '왜 나만' '그 따위 집구석에서 태어나서' 등 기분을 나쁘게 하는 생각이 떠오를 땐 "무의미하다!"고 생각을 끊어 버리라고. 한두 살도 아니고 수십 년 살아온 사람이라면 그런 생각들이 진짜로 의미가 없다는 것을 알 테니까.

무엇보다 중요한 것은 유머감각이 아닐까. 1995년까지 기네스북 최고 장수노인이었던 이즈미 시케치요 씨(120세로 타계)는 115세 때 한 인터뷰에서 "좋아하는 여성 타입은?"이라는 질문을 받자 이렇게 답했다고 한다. "역시 연상이…." 해학을 잃지 않는 자세가 필요하다.

그래도 마음이 헛헛하다면 유엔에 의지해 보자. 유엔이 2015년인가에 변하고 있는 인류의 체력과 평균수명 등을 고려해 인간의 생애주기를 5단계로 새롭게 구분했다고 한다. 0~17세는 미성년자, 18~65세는 청년, 66·79세기 중년, 80~99세는 노년, 100세 이후는 장수노인이다. '장난이냐' 싶지만, 스물도 마흔도 예순도 다 청년이라고 세계인의 유엔이 말해 주고 있지 않은가. "나이야 와라!" 외칠 배짱이 있을까마는, 그게 안 되면 나이야 오든 말든.

나를 기대해 준 사람

중학교 땐 국어선생님을 좋아했다. 큰 키에 굽은 어깨, 덥수룩한 머리의 남자 선생님이었다. 학생운동을 하다 대학에서 퇴학을 당했다던가, 서른 넘어 뒤늦게 임용시험에 합격해 처음 여자 중학교에 온 선생님은 무척 숫기가 없는 분이었다. 인기가 많아 선생님이 운동장을 지나갈 때면 교실 창문에서 장난 섞인 환호성이 들리곤 했다. 그때마다 학생들에게 시선 한번 건네지 못하고 당황한 걸음걸이로 황급히 사라지던 모습, 뭔가 귀여웠다고.

그와 얽힌 특별한 추억이 없는 걸 보면, 심각하지 않았던 모양이다. 당시 이미 연예인 팬질의 즐거움을 알아 버린 나였고, 또 누구나 좋아하는 넘버원에겐 관심 없는 척하는 버릇은 그때 이미 형성되어 있었던 듯. 그러지 않아도 수업 시간 전이면 교탁 위에 음료수가 하나씩 올라가 있고, 쉬는 시간엔 각 반을 돌며 선생님의 일거수일투족을 중계하는 아이들이 있었다. 우물우물 자신 없는 목소리의 수업은 하염없이 졸리기만 했는데, 그래도 멋있으니 우리는 모두 이해할 준비가 되어 있었다.

중학교 땐 가을이면 시화전이 열렸다. 커다란 국화꽃 화분 수십 개를 운동장에 죽 늘어놓고 그 옆에 학생들이 쓴 시 한 편씩을 이젤에 걸쳐 놓는 그런 행사였다. 1학년에서 3학년까지 한 반에 두세 명만 출품자격이 주어졌으니, 꽤 경쟁이 셌던 것 같다. 1학년 가을, 시화전을 위해 전원이 시를 써 내라는 지시가 내려왔고, 나는 국어선생님에게 잘 보이려는 욕심으로 꽤 분발했다.

집 앞 골목길에서 본 광경을 토대로 쓴 시는 이런 내용이었다. 자동차 한 대가 겨우 지날 만한 좁은 길에서 폐품을 가득 실은 할머니의 손수레와 승용차가 마주친다. 이동의 편이성으로 볼 때 자동차가 뒤로 빠져 주는 것이 낫다고 생각했는데, 결국 할머니가 낑낑대며 수레를 밀어 골목 입구까지 비켜난다는 이야기. '할머니의 땀이 눈물처럼 흘렀다' 뭐 그런 구절이 있었던가. 나름 이 사회의 계급 문제에 대한 비판을 담은 야심작이라 하겠다.

그런데, 떨어졌다. 지금 생각하면 표현도 엉성했지만, 가을 국화꽃 옆에서 방긋 웃고 있는 시화전용 시로는 어울리지 않는 내용이었겠지. 나름 충격을 받았으나 역시 아무렇지 않은 척하고 있던 나를 돌연, 국어선생님이 교무실로 호출했다.

그 교무실 장면이 아직도 또렷하게 기억에 남아 있다. 선생님은 내가 제출한 시를 들고 그 특유의 무심한 자세로 의자에 비스듬히 걸터앉아 계셨다. 음 멋있잖아. 옆 자리의 의자를 자기 쪽으로 돌려 내게 앉으라고 하더니 말씀하셨다. "시화전, 떨어져서 속상했니?" "아니요. 괜찮아요." "선생님이 열심히 밀었는데 안타깝게 됐다. 그래도 나는 너의 시가 좋다. 앞으로도 기대할게."

오오오. 이 기분을 아시려나. "네 감사합니다"라고 쿨하게 대답을 하고 나오는데 가슴속에서 불꽃이 빵빵 터지는 느낌. "나는 너의 시가 좋다"라는 말이 "나는 너가 좋다"로 들렸던 건지, 한참을 화장실에서 실실 웃다가 교실로 돌아갔다. 짙은 회색 빛깔로 기억되는 내 중학교 3년의 시간 중 몇 안 되는 반짝였던 순간이다. 그 뒤로 '글을 잘 쓰는 아이'가 되고 싶었고, 어찌어찌하여 글 쓰는 직업을 갖게 되었으니. 요즘도 가끔 생각한다. 선생님의 기대한다 한마디 덕분에 나는 여기까지 오게 되었구나.

〈내 사랑〉이라는 영화를 보면서도 나는 그래서 한 장면에 울컥했다. 어촌마을 가난한 생선장수의 아내로 살아가며 사람들의 마음을 움직이는 그림을 잔뜩 남겼던, 캐나다의 민속화가 모드 루이스(1903~1970)의 일생을 잔잔하게 묘사한 작품. 원제는 '모드 Maudie'다. 소아류머티즘관절염으로 등이 굽고 다리를 절었던 모드는 어릴 적 부모님을 잃고 다른 가족들에게 거추장스러운 짐 취급을 받는다. 서른넷이 되어서야 자립을 결심하고 열 살 연상의 생선장수 에버렛 루이스의 집에 가정부로 들어간다. 자신을 무시하고 폭언을 쏟아내는 거친 이 남자를 '내 사랑'으로 만들어 가며, 전기도 보일러도 없는 작은 집을 그림으로 채우기 시작하는 모드.

몸이 불편해 자주 외출할 수 없었던 그가 주로 그린 것은 창밖으로 보이는 꽃과 나무, 저녁으로 잡아먹은 닭, 그리고 바다와 산등성이 등이었다. '내 사랑'이라는 한국어판 제목에는 여전히 동의할 수 없다. 물론 "헌 양말 한 켤레 같았던" 이 부부의 사랑은 꽤

나 아름다운 것이었다고 생각한다. 하지만 모드의 삶을 진짜 빛나게 만든 것이 과연 남편과의 사랑이었을까, 나는 삐딱해진다.

루이스에게 생선을 주문했는데 받지 못했다며 그들의 집을 찾아온 뉴요커 산드라는 모드가 벽에 그린 그림을 보며 "저 닭, 당신이 그린 거예요?"라고 묻는다. 홀로 조용히, 누가 알아주는 것은 기대하지 않고 그저 자신을 위해 그림을 그리던 모드에게 누군가 말해 준 것이다. 저 아름다운 그림은 당신의 작품이냐. 모드가 수줍게 웃으며 답한다. "(잡아먹었지만) 닭에게 좋았던 순간을 남겨 주고 싶어서요."

이후에도 산드라는 생선 판매 영수증용으로 건넨 엽서에 그려진 모드의 그림을 보고 "돈을 낼 테니 더 많은 그림을 그려 줘요. 기대가 커요"라고 말해 준다. "노력해 볼게요"라고 답한 모드가 뒤돌아서며 "내 카드가 맘에 드나 봐요"라고 에버렛에게 속삭인다. 세상을 다 가진 듯한 웃음과 함께.

삶의 모든 조건이 절망적이라 느껴질 때 우리를 계속 살아가게 하는 힘은 무엇일까 생각한다. 모드의 내면에 감춰진 진솔한 아름다움과 꾸밈없는 색채를 알아봐 준 산드라가 없었다면 모드의 인생은 어떻게 흘러갔을까. 계속 그림을 그리며, 그 그림으로 사람들에게 이야기를 건네는 삶이 과연 가능했을까. 나를 나로 지탱할 수 있게 만들어 주는 힘은 나를 발견해 주고 기대한다고 말해 주는 누군가의 한마디일지도 모르겠다. 우리는 서로에게 그렇게 기적을 일으킬 수 있는 존재다.

국어선생님의 칭찬으로 여기까지 왔지만, 모드처럼 엄청난 재능과 정열이 있었던 것은 당연히 아니다. 요즘도 낑낑대며 기사를 쓰고, 스스로 만족할 수 없는 결과물이 나왔을 땐 제발 내일 엄청난 사건이 터져 아무도 나의 허접한 기사에 관심을 갖지 않길 바라곤 한다. 그런 날, 아침부터 의기소침해져 빨리 하루가 흘러가기만 기다리고 있는 날, 아주 가끔 뜻밖의 전화 혹은 메일이 도착한다.

"오늘 쓰신 기사 좋았어요. 저도 비슷한 걸 느꼈거든요. 앞으로도 좋은 글 기대할게요."

쪼그라들었던 마음이 살금살금 펴지면서 몸에 피가 돌기 시작하는 기분. 그제야 컴퓨터 옆에 놓아둔 거울을 향해 살짝 웃어 본다. 작은 칭찬이란, 기대란 이토록 힘이 센 것이로구나. 그렇다면 주변 사람에게 이것저것 다양한 기대의 말을 맘껏 해 주며 살아도 좋을 텐데 말이지. 그중 하나가 그의 가슴에 꽂혀 새로운 인생을 여는 열쇠가 되어 줄지 누가 알겠는가.

실패에 대처하는 우리의 자세

기억을 지우는 데 관심이 많은 편이다. 특별히 안 좋은 경험이 많아서라기보다 과거의 실수를 자꾸 떠올리며 이불킥 하는 나쁜 습관 때문이다. 사랑했던 사람과의 기억을 통째로 지운다는 내용의 영화 〈이터널 선샤인〉에 열광했고, 무엇보다 〈맨 인 블랙〉에 나오는 기억삭제 도구 뉴럴라이저가 탐났다. 하지만 최근 이론물리학자 미치오 가쿠가 쓴 《마음의 미래》라는 책을 읽다 실망했다.

책에 따르면 영화에서처럼 특정 기억을 골라 지우는 건 과학이 더 발전한다 해도 거의 불가능하다. 사람의 기억이란 하드디스크처럼 뭉텅이째 순서대로 쌓이는 것이 아니라 감정과 관련한 기억은 편도체, 촉각과 움직임은 두정엽, 이런 식으로 조각조각 분해돼 각기 다른 곳에 저장되기 때문이란다. 그러니 어떤 순간에 대한 화면을 지워 버린다 해도 그때 느낀 감정은 그대로 남아 있을 수 있다는 이야기.

이 책에는 기억에 대한 흥미로운 이야기가 가득하다. 기억에 핵심적인 역할을 하는 해마의 구조가 정확히 파악되면 타인의 기억을 컴퓨터 프로그램 다운로드 하듯 내려받아 내 것으로 만드는 게 가능해진다. 이르면 수십 년 내에도 실현가능한 시나리오다. 특정 시기의 기억만을 골라 지울 수는 없지만, 아픈 기억으로 인한 고통을 줄이는 방법은 지금도 계속 연구중에 있다. 기억 형성을 돕는 아드레날린의 흡수를 방해하는 프로프라놀롤을 주입해 기억을 억제하는 방식이다.

논란도 이어진다. 과연 나쁜 기억은 잊어야만 하는가. 저자는 여러 연구 결과를 인용해 "좋은 기억이든 나쁜 기억이든 기억이 존재하는 데는 그럴 만한 이유가 있다"고 말한다. 신경과학자 캐슬린 맥더모트의 설명은 이렇다. "인간이 과거를 기억하게 된 이유는 지난날을 되돌아보는 과정이 미래의 가능한 시나리오를 유추하는 데 매우 중요하기 때문이다. 그리고 미래를 내다보는 것은 환경에 적응하는 데 반드시 필요한 능력이다."

크고 작은 실패의 기억들이 마음에 사라지지 않는 흉터로 남아 있다. 사랑의 실패는 물론이고, 목표했던 대로 풀리지 않았던 일들과, 도전했으나 한계를 절감하고 조용히 물러나야 했던 일들. 그 실패가 남기는 상처가 두려워 새로운 일을 벌이는 게 두려웠다. 당시의 내가 세웠던 이론은 이랬다.

어떤 이유로 얻어진 상처든, 상처는 있는 것보다 없는 것이 낫다. 생각해 보라. 상처가 생긴 즉시 습윤밴드 붙여 무사히 잘 아물게 한다 해도 희미한 흉터는 남는다. 밴드를 뚫고 튀어나오는 진물을 참아내고, 가려워지기 시작해도 긁지 않는 인내심을 발휘해 어찌어찌 완벽하게 치료해 봐야, 겨우 상처 입기 이전의 상태로 돌아갈 뿐이다. 상처란 후퇴다.

게다가 어른이 될수록 흉터도 잘 아물지 않는 것 같다. 지난여름 홋카이도로 여행을 갔다가 재스민 꽃밭에서 넘어져 무릎이 깨졌다. 오랜만의 해외여행이라 들뜬 나머지, 평소엔 잘 입지도 않는 무릎 위 원피스를 입은 게 화근이었다. 몸의 무게를 싣고 바닥으로 돌진해 얻은 상처는 보기 흉하게 컸다. 피도 멈추지 않았다. 한 달 가까이 밴드를 붙이고 다닌 후에야 완전히 아물었지만 영국 지도 모양의 흉터가 남아 버렸다.

하지만 아무리 조심한다 해도 실패는 찾아오게 마련이다. 나로서는 최선을 다했다고, 하얗게 불태웠다고 생각되는 일에서도 우리는 종종 넘어진다. 취업 준비생이던 시절엔 수많은 회사에서 거절 통보를 받았다. 힘들게 최종 면접까지 올라가 마지막 희망이라 생각했던 회사에서 결국 탈락이라는 이메일을 받은 날, PC방에서 메일을 열어 놓은 채 이대로 지구상에서 감쪽같이 사라져 버리는 방법을 고민했다. 더 이상은 못하겠다. 도대체 나한테 어쩌라고.

인생의 어느 시점이 이르면 확실히 실패할 일이 줄어든다. 정확히 말하면 실패할 만한 일에 도전하지 않게(때론 도전할 수 없게) 된다는 말이 맞겠다. 그렇다고 해서 실패를 완전히 피해 가진 못한다.

최근 회사에서 주관하는 어떤 프로그램에 지원했다가 보기 좋게 떨어진 적이 있다. 지원서를 내기 전, 이것저것 많이도 따졌다.

그리고 계산 끝에 붙을 수 있을 거라 확신하고 도전했는데 결과는 탈락. 그때 생각했던 것 같다. 오랜만에 맛보는 열패감이로구나. 그리고는 정신이 번쩍 들었다. 나에 대한 스스로의 평가와 제3자의 평가는 이렇게도 다르다. 나는 나 자신을 잘 파악하고 있다고, 사고 나지 않게 내 인생을 능숙하게 운전하고 있다고 생각했는데, 오만이었구나.

스누피와 찰리 브라운이 나오는 만화 〈피너츠〉를 그린 작가 찰스 슐츠(1922~2000)의 인생 테마는 실패였다고 한다. 그의 자서전 《찰리 브라운과 함께한 내 인생》을 읽다가 픽픽 웃음이 터지고 말았는데, 이런 대목에서였다.

어릴 적 극장에서 선착순 500명에게 캔디바를 주겠다고 광고해 줄을 섰는데, 어린 슐츠의 차례가 되자 매표원이 말했다. "미안하구나. 캔디바가 떨어졌단다." 그는 501번째로 줄을 선 아이였다. 지도교사 추천을 받은 그림은 교지에 실리지 못했고, 열아홉 살 때 아트스쿨에 진학하자마자 전쟁이 터져 공부를 할 수 없었다. 전쟁이 끝난 다음 빨강머리 소녀와 사랑에 빠졌지만 여자 쪽 부모의 반대로 헤어지고 말았다. 찰리 브라운 시리즈의 첫 연재가 결정된 날 드디어 그녀를 찾아가 청혼을 한다. 하지만 보기 좋게 거절당한다.

"그 여인이 내 청혼을 거절하고 다른 사람과 결혼한 그 순간에, 틀림없이 찰리 브라운이 내게 다가오고 있었을 것이다."

그의 만화 주인공인 찰리 브라운이 불운의 아이콘이자 매사

용기 없는 소년으로 묘사되는 건 작가의 이런 경험들 때문이었다. 찰리 브라운이 속한 야구팀은 한 번도 이긴 적이 없고, 친구 루시와 하는 체커게임에서는 1민 빈 연속 패배를 낭한다. 하지만 그래서 이 만화는 재밌다. 자신의 만화가 비관적이고 우울하다는 사람들의 비판에 슐츠는 이렇게 말했다고 한다.

"행복에서는 유머가 나오지 않는다. 행복한 상태에는 재미있는 요소가 전혀 없다. 유머는 슬픔으로부터 나온다."

작가는 50년간 총 1만 7,897편의 만화를 어시스턴트 한 명 없이 매일 홀로 그렸다. 어떤 날은 맘에 드는 작품이 나오지 않았지만 한 번도 마감을 어기지 않았다. 〈스누피: 더 피너츠 무비〉라는 극장판 애니메이션의 도입부, 늘 그렇듯 연날리기에 실패하고 낙담한 찰리 브라운에게 '담요소년' 라이너스가 다가와 이렇게 말한다.

"찰리 브라운, 또 실패했구나. 하지만 잊지 마. 중요한 건 그래도 계속해 보는 용기야."

여전히 실패하는 게 무섭다. 실패의 기억은 빨리 잊고 싶고, 더이상 상처는 없었으면 좋겠다고 생각한다. 하지만 넘어지지 않겠다고 굳은 결심을 해도 실패란 놈이 뒤통수를 치며 찾아올 것은 확실하고, 결국 중요한 건 계속할 수 있는가 아닌가다. 패배의 기억을 끌어안고 다시 걸어가면서 같은 지점에서 넘어지지 않도록 노력하는 것. 그런 사람에게 기억삭제 도구 같은 건 아마 필요가 없을 테지.

특기는 후회망상

살면서 결혼식 부케를 두 번 받아 봤다. 둘 다 서른 즈음이었고, 절친의 부케 리시버가 된다는 건 쑥스러웠지만 나름 재밌는 경험이었다고 생각한다.

결혼식 일주일 전 주말 백화점을 돌며 결혼식에 입고 갈 옷을 고르고, 당일 아침엔 미용실에 들러 머리에 웨이브를 넣었다. 경험자들은 알겠지만, 결혼식 부케녀의 적절한 복장이라는 게 의외로 까다롭다. 아름다운 결혼식에 오점으로 남지 않을 정도의 미모를 뽐내야 하는 동시에, 너무 공들인 차림으로 웨딩드레스를 입은 신부보다 더 화려한 느낌을 주어서는 안 된다. 평소에는 잘 입지 않는 은회색의 타이트한 원피스를 입고 행동이 불편한 가운데에도 엉뚱한 방향으로 날아가는 부케를 절묘하게 캐치하는 데 성공, "결혼을 향한 의지를 역력히 보여 주는 몸놀림이었다"는 극찬을 받기도 했다.

부케의 저주 같은 것은 믿지 않았다. 부케를 받고 6개월 안에 결혼하지 않으면 6년간 솔로 생활을 해야 한다는 무시무시한 농담을 많이 들었지만, 자신 있었다. 인생의 적절한 순간에 적절한 남자들을 만나 가정을 꾸린 이 친구들의 기운을 받아 머지않아 나에게도 그런 순간이 찾아 올 거라는 근거 없는 믿음.

사실 신부의 부케를 받는다는 것은 신부의 행운을 나눠 가져 사랑을 완성하고, 그 행운을 또 다른 사람에게 이어 준다는 의미라고 한다. 그렇다면 그 이후의 긴 솔로 생활이라는 저주는 행운을 이어 가는 엄중한 의무를 져 버린 이에게 내려지는 형벌 같은 것이라고 봐야 하는 걸까. 그렇다면 죄송할밖에, 행운을 나누지 못하고 혼자 흡수해 소화시켜 버렸습니다.

드라마 〈도쿄 타라레바 아가씨〉를 보는데 비슷한 장면이 나와서 한참을 웃었다. 일본어를 오래 공부했지만 '타라레바タラレバ'라는 단어는 이 드라마에서 처음 알았다. '타라'와 '레바'는 둘 다 '~을 한다면(했었다면)'이라는 가정의 의미로 쓰이는 접미사다. 그리하여 '타라레바 아가씨'를 한국어로 번역하면 대략 이런 뜻: '후회 망상 아가씨.'

드라마는 "그때 그 남자와 헤어지지 않았다면 행복해졌을 텐데" "그때 그 남자의 진가를 알아봤다면 지금쯤 결혼해서 잘 살고 있겠지"라는 후회망상을 거듭하는 삼십대 여성들의 이야기다. 드라마 작가 린코, 네일아티스트인 카오리, 아버지의 이자카야에서 일하는 코유키 세 여자가 주인공. 서른을 넘기고 친구들의 3차 결혼러시에 직면한 이들은 이자카야에 모여 술을 들이키며 한탄한다. 우리는 어쩌다 여기까지 왔을까.

스물세살 무렵에 들이닥친 친구들의 1차 결혼러시는 꿈과 동경이 가득한 이벤트였다. 들뜬 마음으로 한껏 차려입고 결혼식에 가 일찍 결혼하는 친구를 보며 생각한다. "난 아직 괜찮아. 5년 정도는 더 놀고 싶으니까." 28~29세 사이에 찾아온 2차 결혼러시도 견딜 만했다. 이 나이쯤 되면 결혼식도 익숙해져 갖고 있는 옷을 적당히 차려입고 머리도 직접 만진다.

서른을 눈앞에 두고 결혼 결심을 굳힌 친구를 보며 "드디어 나도 결심할 때가 온 건가" "타협도 필요할지 몰라"라고 살짝 불안해했던 이 여자들. 결심은 개뿔, 타협 같은 건 하지 못했다 말이지. 그리고 삼십대 초반에 닥친 제3차 결혼러시에 이들은 절망한다. "5년 정도는 더 놀고 싶더라니, 그렇게 자신만만하지 말았어야 했어." "그때라도 조금 더 노력했다면 행복해졌을까."

말로는 후회망상의 연속이지만, 실제 삶에서는 답이 보이지 않는 연애를 이어 가는 중. 린코는 스물두살에 고백을 받았지만 촌스럽고 서툰 모습이 싫어 거절했던 선배 프로듀서 하야사카와 다시 일을 하게 된다. 이십대 때 자신을 도망하게 만들었던 그의 어리숙함은 이제 진실성과 소박함의 상징으로 보인다. 이번에야 말로 놓치지 않으리, 뒤늦게 적극적으로 나서 보려 하지만 삼십대 중반이 된 하야사카는 스물이 갓 넘은 린코의 후배에게 반해 있었다. 그렇다. 연애는 회전초밥이었다. 한번 지나간 초밥 레일은 한 바퀴를 돌아 다시 내 앞에 오기도 한다. 하지만 괜찮은 초밥은 이미 다른 사람이 채간 후다.

카오리는 새 여자친구가 생긴 옛 남자친구와 재회해 애매한 관계를 이어 가게 되고, 코유키는 알고 보니 아이가 있는(그리고 아내는 둘째를 임신한) 남자와 사랑에 빠졌다. 이 후회망상 세 여자의 이야기는 일본에서 180만 부가 팔린 베스트셀러 만화가 원작인데, 정작 작가 히가시무라 아키코는 두 번째 결혼을 한 상태. "예뻐지면 더 좋은 남자가 나타날 거야" "운명의 상대를 만나면 나도 결혼할 수 있어"를 되뇌면서 실제로는 바보 같은 선택만을 반복하는 주변의 싱글 선후배들에게 경각심을 주기 위해 그렸다고 전해진다. 그래서 만화는 드라마보다 더 '독한' 내사가 가득하다.

"그도 그럴 것이 지난 몇 년 동안 우리는, 별 볼일 없는 남자와 결혼한 동창을 동정하고, 맞선을 보러 뛰어다니는 젊은 여자들을 비웃곤 했거든. 시합에는 참가하지 않은 채 모두 열심히 싸우는 모습을 벤치에 앉아 구경하면서 잘난 체 떠들기만 했지. 유니폼을 입은 채로, 언제든 나갈 수 있다고 자신만만해서는. 그리고 9회말 투아웃 만루 상황에서 대타로 등장, 결정적인 순간에 만루홈런을 때릴 수 있을 거라 믿었지."

하지만, 어라? 벤치에 앉아 있는 동안 실력은 녹슬었고, 결과는 우스꽝스러운 헛스윙으로 장렬한 아웃.

말할 것도 없이 톱A급 후회망상녀인 나 역시, 어떤 밤에는 10년 전에 몇 번 만났던 이름도 잊어버린 어떤 남자를 불현듯 떠올리며 "그 사람은 괜찮았던 것 같은데, 왜 그렇게 단호하게 거절했지?"라는 답이 없는 질문을 던지며 스스로를 괴롭힌다. 삼십대가 되어 경고의 사이렌이 울려퍼진 후엔 후회망상의 가능성을 줄여보자는 생각에 '적어도 3번 만남'의 원칙을 고수하며 이십대라면

한 번으로 끊어 냈을 관계들을 억지스럽게 이어 가 보기도 했다. 하지만 보시는 바대로 잘 되지 않았고 이제는 슬슬 유니폼을 벗고 경기장에서 내려서야 하나 진지하게 고민하는 시기가 찾아오고야 만 것이다.

그러면 어쩌란 말인가. 드라마의 마지막에 세 명의 후회망상녀는 자신들이 무엇 때문에 그렇게 혹독하게 스스로를 비난하며 발버둥 쳐 왔는지를 고민한다. 그리고 깨닫는다. "남자가 없어, 나는 왜 이러지?"라고 친구들과 술을 마시며 푸념하던 순간에도 실은 딱히 불행하지 않았고, 의외로 즐거웠다는 사실을. 그저 "여자에겐 결혼이 행복"이라는 다른 사람들이 주입한 생각에 자신을 맞추기만 했지, 자신이 진짜 행복하다 느끼는 순간이 언제인지 찾아내려 노력하지 않았다는 것.

인상적인 장면이 하나 있다. 린코가 키 크고 잘생긴 데다 친절하기까지 한 셰프 오쿠다와 이별하는 순간이다. 오쿠다의 적극적인 구애로 "만루홈런의 기회"라 생각하며 연애를 시작했지만, 만남을 거듭할수록 취향이 다른 그와의 시간은 고통스러운 것이 되고 만다. 그를 놓치면 후회할 거란 생각에 그에게 모든 것을 맞추며 스스로를 속이는 린코. 그러나 결국 이별을 결심하고 그에게 헤어지자 말한다.

카페 앞에서 "잘 지내"라는 마지막 인사를 남기고 걸어가는 오쿠다의 뒷모습 위로 흐르는 린코의 독백. "10년 후의 내 목소리가 들리는 것만 같다. '저 사람을 쫓아가서 저 손을 잡아. 그러지 않으면 10년 후에도 혼자일 거고 외로워서 후회하게 될 거야.' 하지만 내 다리는 움직이지 않는다. 행복을 잡으려 했던 내 손은 굳어버린 듯 움직이지 않는다."

과거의 나에 대해 미친듯이 후회가 몰려오는 날엔, 냉정하게 그날을 되돌아볼 일이다. 실수일지 모른다고 생각하면서도 그의 손을 뿌리칠 수밖에 없었던 순간, 울면서 호소하는 그를 보면서도 마음은 왠지 점점 차가워지기만 하던 그 밤. 나의 선택은 무엇이었는지.

그것은 행복해지기 위해 내린 결론이었고, 그 순간 선택할 수 있는 최선의 방법이었다. 그러니 린코가 그랬던 것처럼 이렇게 외칠 수밖에. "미안해. 후회망상에 빠져 있을 미래의 나!!" 그리고 또 새롭게 지금을 살아간다.

아무도 칭송하지 않는 일을 열심히 하는 이유

돈을 내고 때를 미는 걸 좋아한다. 대중목욕탕 한쪽 구석에 있
는 때밀이 베드에 누워, 검은 브래지어와 팬티를 입은 아주머니가
'자 이제 시작'이란 신호로 베드를 탁탁 두드리는 소리를 들을 때,
오옷 마음이 두근거린다.

생판 모르는 남에게 몸을 다 내보이는 게 민망하지 않느냐고
친구들은 말하지만, 단언컨대 처음에만 그렇다. 지금 이용하는 목
욕탕은 이사를 온 후 줄곧 다니고 있으니 어언 4년째. 이곳에서
일하는 세신사 아주머니와는 뭐 설명이 필요치 않은 친밀한 사이
라 할 만하다(부끄).

'자신의 때는 스스로 밀자 알아서 척척척'을 신봉하던 시기도
있었다. 이런 다짐을 깨고 타인에게 내 몸의 각질 제거를 처음 맡
긴 것은 신문사 수습기자로 경찰서를 돌던 때였다. 기자들의 수습
기간이란, 그동안 모범생으로 곱게 자라온 사회초년생들에게 이
사회의 불합리함과 사방에 난무한 폭력을 짧은 기간 진하게 맛보
게 해 주는 시간이다. 새벽부터 밤까지 경찰서나 사건 현장을 돌

아다니다 보면 몸 씻을 시간조차 없을 때가 많았다. 몇 주 동안 샤워도 못 하고 버티다 도저히 안 되겠다 싶은 날엔 대중목욕탕에 갔다. 혹시 목욕하는 도중에 중요한 전화라도 올까 비닐로 된 지퍼백에 휴대 전화를 넣어 들고서.

탕에 들어가 몸을 불렸는데, 도저히 내 손으로 때를 밀 힘이 나지 않았다. 마침 때밀이 베드가 비어 있기에 용기를 내 몸을 맡겨 보았다가, 아 새로운 세상을 만난 거다. 온몸의 피로가 싸악 풀리면서 다시 태어난 기분. 중독되지 않을 수 없는 손길이었다. 역시 인간은 기술을 가져야 해.

당시 목욕탕의 세신사 아주머니는 육십대 초반인데 무척 팽팽한 피부를 갖고 계셨다. 한 달에 한 번 정도, 이런저런 이야기를 들으며 때를 밀다 보니 원치 않게 그녀의 인생에 대해 많은 것을 알게 됐다. 얼마 전 세상을 떠난 남편은 젊었을 때 바람기로 속깨나 썩였는데, 오십대 이후에는 집으로 돌아와 일하느라 바쁜 아주머니 대신 살림을 도맡아 했다고 한다. 딸아들 학비 대느라 사십대에 때밀이를 시작했는데 덕분에 아이들은 잘 키워 어엿한 사회인으로 만드셨단다. 남편이 갑자기 심근경색으로 세상을 떠난 후, 그녀는 일주일만 쉬고 다시 일을 시작했는데, 목욕탕에 나오지 않으면 틀림없이 우울하기만 할 것 같아서라셨다.

이 아주머니를 좋아하는 이유는 자신이 하는 일에 대한 높은 자신감과 프로의식 때문이다. 자신에게 정기적으로 때를 밀면 분명 피부가 좋아질 것이며, 다른 세신사의 "손을 타고" 온 사람은 피부를 한 번만 만져 봐도 안다고 했다. 피부를 상하지 않게 하려면 각자 가진 지방의 양에 따라, 신체 부위(?) 별로 다른 세기와 방법이 필요하며 그걸 익히는 데 10년이 걸렸다고. "지방이 많은 부위를 밀 때는 살을 이렇게 떠올리듯이 밀어야 해."

때를 미는 사람이 지켜야 할 직업윤리 중 하나는 자신에게 몸을 맡긴 사람의 몸매에 대해 이러쿵저러쿵 평하지 않는 것이라는 말씀도 하셨다. 그런 아주머니가 언젠가 한 번, 때를 다 밀고 머리를 감겨 주다가 한마디 하셨다. "아가씨는 귀가 참 예쁘네~"

이런, 내 몸을 골고루 만져 주신 후, 찾아낸 가장 예쁜 곳은 귀였단 말인가요. 그래도 기뻤다. 귀가 예뻐서.

여탕의 때밀이 베드는 170센티미터의 내 키에는 조금 짧은 감이 없지 않다. 그래선지 너무 마르고 체구가 작은 세신사를 만나면 뭔가 미안한 마음에 내 돈을 내고도 부탁하기가 죄송했다. 아주머니, 제가 의도치 않게 노동력 착취를 하고 있나 봐요. 다음에는 살을 좀 빼고 올게요. 속으로만 중얼댄다. 젊었을 때 40킬로대를 유지했던 날씬한 우리 엄마는 자신과는 달리 초등학교 때부터 반에서 가장 큰 아이였던 딸을 2주에 한 번씩 목욕탕에 데려가 때를 밀어 줬다. 얼마나 힘들었을까, 문득 효심이 솟아오르면서. 엄마 혹시 짜증 나서 그렇게 아프게 밀었던 거야?

세신사는 목욕탕과 계약을 맺고 일하는 프리랜서다. 들어올 때 일종의 권리금 같은 것을 내고(비싼 곳은 몇 억씩 하기도 한다), 권리금이 적을 경우엔 하루에 때를 미는 사람의 수에 관계없이 일정 금액을 목욕탕에 사납금으로 내는 시스템이다(몇만 원에서 몇십만 원까지 한다). 실력이 좋고 단골이 많으면 목욕탕과의 계약에서 유리한 입장에 설 수 있다. 사람들은 남의 더러운 곳을 씻어 주는 일이라고 무시하기도 하지만, 나의 세신사 아주머니는 "힘들지만, 보람이 있다"고 하셨다.

"몸은 힘든 일이지. 그래도 혼자서 때를 밀기 힘든 임산부나 노인들, 몸이 좋지 않은 사람들이 때를 밀고 나서 개운해하면 나도 뿌듯해져." 그리고 이렇게 덧붙였다. "늘 따뜻한 곳에서 일하니 얼마나 좋아~"

세상 다른 이들의 노동을 나의 잣대로 판단해서는 안 된다는 것을 나는 목욕탕에서 배웠다. 내가 일하는 이유가 하루하루 음식을 먹고 따뜻한 잠을 자기 위해서만은 아니듯, 다른 이들의 노동 역시 그런 것이다. 남들에게 크게 인정받지 못하는 일을 하고 있어도 스스로 지키고 싶은 윤리가 있고, 그 일을 계속하면서 쌓아온 전문성이 있고, 그리고 그 일이 가진 장점을 즐길 줄 아는 이들은 많이 있다.

강상중 전 도쿄대 교수는 일에 대한 철학을 설파한 《나를 지키며 일하는 법》이란 책에서 일의 의미란 사회로 들어가는 '입장권'이자 '나다움'의 표현이 되어야 한다고 썼다. 내가 노동을 통해 이 사회와 연결돼 있다는 느낌은 중요하다. 먹고살기 위해 일한다고, 생계만 해결되면 이놈의 회사 당장에 때려치우고 말겠다고 버릇처럼 이야기하지만, 결국 오늘도 출근을 위해 화장대 앞에 앉는 데는 분명 다른 이유도 있겠지 믿어 보는 것이다.

〈백엔의 사랑〉이라는 독특한 일본 영화가 있다. 주인공 이치코는 전문대를 졸업한 후 일자리 찾을 생각도 없이 도시락 가게를 하는 엄마에게 기대 살아가는 서른두살의 여자다. 헝클어진 머리에 목 늘어난 티셔츠를 입고, 화가 난 표정으로 어기적어기적 걷는다. 열심히 하는 일이라고는 초등학생 조카와의 게임뿐. 자신에게 관심 없는 세상과 그런 세상에 구애하지 않겠다는 포기가 만들어낸 기운 빠지는 인생을 살던 이치코. 이혼해 집에 돌아온 여동생과 머리채를 뜯으며 싸우다 홧김에 집을 뛰쳐나온다.

얼떨결에 독립했으나 할 수 있는 일은 별로 없다. 100엔(약 1000원)짜리 물품들을 판매하는 잡화점에서 심야 아르바이트를 시작하는 이치코. "백엔 백엔 백엔 생활, 싸요 싸요 뭐든 싸요!"라는 노래가 흘러나오는 곳이다. 그러다 잡화점에서 바나나를 사는 복싱선수 카노에게 관심을 갖게 되고, 그를 보기 위해 체육관을 찾았다가 "다이어트하러 왔냐"는 관장의 오해로 복싱을 시작하게 된다는 내용.

여기까지 보고 나면 알 만하다 싶다. 한심하게 살던 청춘이 새로운 꿈과 사랑을 만나 성공을 향해 달린다는 내용이겠거니. 하지만 영화는 단순하지 않다. 이치코의 멋들어진 성공담 대신, 백엔숍을 찾아오는 '100엔짜리' 인생들을 그리는 데 공을 들인다. 하루 18시간씩 일하다 우울증에 걸린 점장, 유통기한 지난 음식을 훔쳐 가는 할머니, 있는 힘껏 노력한 적도 없으면서 포기는 빨랐던 한물간 복서… 그들의 삶을 지켜보면서 "한 번쯤은 이겨 보고 싶다"는 꿈을 갖게 된 이치코의 변화를 담담하고 설득력 있게 보여준다.

감동의 포인트는 이치코의 변화하는 눈빛이다. 복싱을 시작한 이치코가 밤낮없이 줄넘기를 하고, 박스를 들고 계단을 뛰어오르며, 매대 사이에서 끊임없이 섀도복싱을 할 때. 보는 이의 마음도 덩달아 뜨거워진다. 내 것으로 인정하고 싶지 않았던 자신의 삶에 처음으로 애착을 갖게 된 순간, 열정을 쏟아부어 노력하고 싶은 대상을 발견한 사람만이 보여줄 수 있는 반짝이는 눈빛이다. 남들에겐 100엔짜리로 보이는 인생이라 해도, 나에겐 이것밖에 없으니 최선을 다해 싸워 보겠다, 이런 결심의 순간은 쉽게 찾아오지 않으니까.

이상적인 이야기인 줄 안다. 하지만 사람들이 무시하기 쉬운 어떤 일을 하고 있다 해도, 남들에게 당당하게 내세울 만한 멋들어진 일은 아니라 해도, 그 일에서 나만의 의미와 즐거움을 찾아내는 사람들이 많아졌으면 좋겠다. 따뜻한 목욕탕에서 늘 유쾌하게 나의 몸을 밀어 주시는 세신사 아주머니처럼. 내일 아침 엄청 춥다는데 회사 가기 싫다…고 생각 중인 12월의 일요일 밤, 그래도 또 하루치의 노동을 부끄럽지 않게 해 내기 위해 꾸역꾸역 잠을 청한다.

검을 찾아서

"저, 가을에는 그림을 좀 배워 볼까 봐요. 혼자 여행 다니면서 그림 그리는 거 멋있지 않아요? 아니면 대학원에 다시 가 볼까 하는 생각도 들고. 박사학위를 받으면 전문성도 인정받고 나중에 강의도 할 수 있고 좋을 것 같은데…." 여기까지 말했는데, 마주 보고 앉아 있던 선배가 진심 지겹다는 눈빛으로 고개를 젓는다.

"야, 그만 좀 배워라. 지금도 충분히 하는 게 많은데 뭘 자꾸 그렇게 배우려고 해? 그러다가 '우주최강스펙녀' 되겠어. 하하."

그렇다. 맨날 뭔가를 배우고 있다. 아니면 '뭐뭐를 배워볼까'를 입에 달고 산다. 대학을 졸업하고 내 손으로 돈을 벌기 시작한 후, 계속해서 무언가를 배우러 다녔다. 운동으로 말할 것 같으면 테니스를 배웠다가 수영 강습을 들었고, 요가를 하다 필라테스로 넘어갔다가 발레에 도전하고, 힙합댄스를 가르치는 학원에 다니다가 친구의 권유로 라틴댄스 클럽에도 몇 번 드나들었다. 재즈댄스를 배우겠다며 여대 앞 댄스학원에 다닌 적도 있다. 바닥에 깔린 비닐을 밟고 죽 미끄러지며 다리 찢는 연습을 하던 중 이러다 죽겠구나 근육통에 백기를 들었던 기억.

시내 지하상가 액자집에서 연필 초상화 그리기를 배운 건 고등학교 때. 좋아하는 연예인 사진을 연필소묘로 똑같이 그려내는 친구들이 부러워서였다. 기타를 배우겠다며 친구와 홍대 앞 인디밴드 연주자의 작업실을 들락거린 것은 서른살 무렵. 기타는 늘지 않고 술만 늘어 그만뒀다. 일본에 가기 전 꽤 오래 일본인 유학생과 일대일 회화 수업을 했고, 중국어 공부를 3개월 하다 성조의 다채로움을 감당하지 못해 때려치운 적이 있으며, 해도 해도 늘지 않는 영어는 원어민 프리토킹을 했다 말았다 반복 중. 에— 또 뭘 배웠더라.

딱히 우주최강스펙녀가 되고 싶었던 것은 아니다. 그럴 리가. 안 그래도 '스펙이 과하다'는 말에 딱지가 앉은 사람인걸. 만나기 전부터 "소개팅 상대남이 너 좀 부담스럽대"라는 말을 전해 들은 적도 있고, 몇 번 만난 남자에게 "너무 훌륭하신 분이라…"라는, 에두른 거절 이유를 들은 적도 있다. "석사학위도 있다는 얘기는 안 했어. 나머지로도 스펙이 넘쳐서"라고 소개팅을 주선하던 친구는 말하곤 했었지. 나는 그냥 배우고 싶은 것들을, 알고 싶은 것들을 공부하고 있을 뿐인데. 당신에게 잘난 척하거나 가르치고 싶은 마음은 전혀 없는데. 나뭐왜? 왜또뭐? 억울해진다.

우주최강의 스펙을 갖추게 될까봐 나를 걱정해 주던 선배에 따르면, 마흔이 되어서도 멈추지 않는 배움의 욕구는 '결혼을 안 해서'로 귀결된다. 네가 챙겨 줘야 할 남편이 있냐, 돌봐야 할 애가 있냐. 너 하나 교육시키느라 애쓰는구나. '석사 이상 고학력 여성들의 미혼 비율이 높다'는 기사를 보며 같은 고학력 미혼여성 친구와 이런 이야기를 나눈 적 있다. 우리는 고학력이라 미혼일걸까 미혼이라 고학력인 걸까.

결국 닭이 먼저냐 달걀이 먼저냐다. 학력이 높아 남자들이 부담스러워 한다. 연애가 잘 안되니 남는 시간에 공부를 한다. 공부를 하니 스펙은 더 높아진다. 혼인시장에서 경쟁력은 더욱 떨어진다. 악순환의 고리에 빠졌다. 젠장. 수능부터 다시 봐야 하나.

선배의 말이 꼭 맞지는 않는 것 같다. 내 주변의 결혼한 사람들도 꾸준히 뭔가를 배우고 있다. 아이를 둘이나 키우면서도 대학원에 다니고 있는 선배도 있다. 이쯤되면 궁금해진다. 왜 다들 악착같이 무언가를 배우는가.

대부분은 중간에 나가떨어지지만 무언가를 시작할 때의 그 기대감이 나는 좋다. 계속 연습하다 보면 조금 더 나은 내가 저 앞에 기다리고 있을 거라는 믿음. 처음에는 90도 이상 벌어지지 않던 다리가 120도 가까이 벌어지는 걸 볼 때, 처음에는 틱틱 답답하게 들렸던 기타 소리가 드르릉 연주 흉내를 낼 때, 내 안의 무언가가 조금씩 채워지는 기분. 하여 스스로 나를 조금 더 좋아하게 만들어 주는 것.

성인이 된 후 가장 짜릿했던 순간을 고르라면 일본어를 덕질로 독학한 끝에 일본어능력시험 1급 합격통지를 받은 날이다. 출근길 우편함에 들어 있는 통지서를 발견했지만, 떨려서 열어보지 못하고 손에 쥔 채 자동차를 탔다. 도중에 신촌에서 긴 신호에 걸렸을 때 궁금함을 참지 못하고 덜덜 봉투를 뜯었던 기억. 당시 400점 만점에 280점 이상이면 합격이었는데, 두둥, 정확히 280점! 점수 옆에 한자로 '合格합격'이라 적혀 있는 걸 본 순간 온몸이 찌르르, 으악 하는 외침이 터져나왔다. 나도 모르게 클랙슨을 빵빵 울리고 말았다. 후훗, 민폐였다. 월드컵에서 이긴 것도 아닌데.

괴물 구마테쓰와 인간 소년 규타는 호소다 마모루 감독의 애니메이션 〈괴물의 아이〉 속 주인공이다. 부모에게 버림받고 마음에 구멍이 생겨버린 소년 규타는 어찌다가 괴물의 세계로 흘러들어가 성격 괴팍한 괴물 구마테쓰의 제자가 된다. 하지만 다른 괴물들은 인간을 제자로 들이는 걸 반대한다. "인간은 위험해. 나약해서 가슴속에 어둠을 품고 있거든. 그 어둠이 우리 세상을 파괴할 수도 있어."

아니나 다를까. 규타는 구마테쓰와 동고동락하며 자라나 어렵사리 괴물 세계의 일원이 되지만, 우연히 다시 돌아간 인간 세계에서 이도저도 아닌 자신의 정체성을 확인하곤 갈등에 휩싸인다. 휑한 인간 도시의 한복판에서 마음속 어둡고 깊은 구멍과 마주하는 규타. 그런 규타에게 구마테쓰는 소리친다. 그 어둠을 물리치려면 가슴속 나만의 검劍이 필요하다고.

"가슴! 가슴속의 검을 찾아야 해!"

규타가 구마테쓰에게 무예를 배우고, 인간 세상으로 돌아와서는 우연히 친구가 된 카에데와 책을 읽으며 글을 배우는 모습이 내게는 가슴속의 검을 만들어 가는 일처럼 보였다. 내가 나를 조금 더 인정하고, 그래서 다른 이들이 이룬 성취에도 주눅 들지 않고 너그러워질 수 있는 단단한 마음. 나는 우주를 떠다니는 쓸모없는 하나의 먼지에 불과하다는 생각이 자꾸만 마음을 잠식하려 할 때, '그래도 나에겐 이것이 있어'라며 조용히 어루만질 수 있는 나만의 빛나는 검을 찾아서.

그리하여, 어둠에 잡아 먹히지 않기 위해 나는 오늘도 무얼 배워 볼까 고민하고 있다. 누구도 함부로 덤비지 못할 '우주최강스펙녀'의 그날을 꿈꾸며.

포기할 수 있다면 그건 꿈이 아니지

열아홉 살 때, 혼자 춘천을 간 적이 있다. 김현철의 노래 〈춘천 가는 기차〉를 들으며 훌쩍 춘천으로 떠나는 촌스러운 유행이 남아 있던 시절이었다. 나름 고민은 있었다. 갓 입학한 대학교를 휴학하고 다시 입시를 치를 것인가 말 것인가. 좀더 평판 좋은(실은 입학 수능성적이 높은) 학교를 향한 나의 열망은 성취욕인가 아니면 그럴듯한 포장지를 갈구하는 허세인가. 과연 이 도전이 좋은 결과를 낼 수 있을까. 망하면 어떡하지… 마음이 복잡한 날이었다. 청량리역에서 기차를 타고 춘천역에서 내려 뭘 했었는지, 기억이 잘 나지 않는다(닭갈비를 먹었던 것도 같고).

다만 지금까지 또렷하게 남은 것은, 집으로 돌아오는 길 인천행 1호선 전철역 플랫폼에 발을 내리는 순간, 신기하게 개운해졌던 마음. 에라 모르겠다, 춘천까지 갔다 왔는데도 포기가 안 되는구나. 허세면 어떠한가. 실패하면 또 어떤가. 일단 해보지 뭐. 그것은 꿈이라기보단, 꿈으로 조금 더 가까이 가기 위한 작은 도전일 뿐이었지만, 암튼. 부모님께 '재수'를 선언하고 바로 다음 날

집 근처 입시학원에 등록하는, 내 인생에 유례를 찾아보기 힘든 순발력을 발휘했던 경험이다.

늦된 편이다. 또래들에 비해 대학 입학도 조금 늦었고, 취업도 늦었고, 아직도 어디로 가야 하나 헤매고 있는 걸 봐도 그렇다. 무언가를 결정할 때 망설임이 많고, 시작도 해보기 전에 최악의 경우까지 상상하느라 엉거주춤하는 시간이 긴 건 내다버리고 싶은 성격 중 하나다. 반면 길고 긴 고민의 시간이 무색하게도, 포기는 재빠른 이상한 성격이다. 연애도 일도, 원했지만 내 것이 아니라 판단되면 일찌감치 항복을 선언했다. 어떤 일을 시작했는데 영 홍이 나질 않고 '이게 아니었는데' 하는 생각이 들면 쉽게 손을 놓았다. 끈기 혹은 의지가 부족한 것일 수도 있겠다.

《우주형제》라는 만화가 있다. 제목 그대로 우주비행사를 꿈꾸는 형제의 이야기다. 열세살, 열살 소년이던 시절, 신비한 비행 물체를 발견하고 우주비행사가 되기로 결심한 형 뭇타와 동생 히비토. 시간은 흘러 2025년, 스물여덟의 동생 히비토는 미항공우주국NASA 소속 우주비행사가 돼 '최초로 달 표면을 밟는 일본인'이 될 준비를 하고 있다. 반면, 형 뭇타는 꿈을 포기하고 자동차 회사에 입사했으나 상사와의 트러블로 회사에서 정리해고를 당한다. 서른한살의 백수다.

우주비행사의 세계를 다룬 만화지만, 진짜 재미는 다른 데서 온다. '꿈'으로 향하는 형제의 서로 다른 태도가 그것이다. 동생 히비토는 어릴 적부터 "무조건 우주비행사가 되겠습니다"라고 말하는 소년이었다. 반면 형 뭇타는 "할 수 있다면, 우주비행사가 되고 싶습니다"라고 대답하는, 자신감 없는, 좋게 말하면 현실감 있는 소년.

결국 뭇타는 열아홉살 때쯤 우주비행사는 현실적으로 무리라는 생각에 조용히 꿈을 접는다. 이후 대학을 가고 좋은 회사에 취직했지만, 망설임 없이 꿈을 향해 걸어가는 동생을 보며 자꾸만 움츠러든다. 그리고 실직자가 된 그에게 어릴 적 꿈을 이야기하며 다시 손을 내미는 동생 히비토. 그런데도 형이 머뭇거리자 동생은 말한다.

"만약 깨끗하게 포기할 수 있다면, 그런 건 꿈이 아니야."

그렇게 우주비행사의 길에 들어선 뭇타가 여러 우여곡절 끝에 꿈을 이룬다는 스토리는 만화니까 그러려니 해두자. 알다시피 포기할 수 없는 꿈을 향해 발을 내디뎠다고 해서 꼭 잘되리란 보장은 없다. 실패할 가능성? 여태까지 망설인 걸 보면 꽤 높은 편 아니겠나.

하지만, 누군가 '어떻게 하면 좋을까?' 상담을 청해 올 땐 군소리 없이 등을 떠미는 편이다. 일단 해보지 않으면 누구도 결과는 알 수 없으니까. 포기가 빠른 아이였던 나 역시 인생의 몇몇 지점에선 잊은 척해도 사라지지 않았던 소망들과 마주쳤고, 고민 끝에 어느 순간 해 보기로 결심했고, 뛰어들었다가 쓴맛도 봤다. 그렇지만 그땐 실패했기 때문에 깨끗하게 항복을 선언할 수 있었다. 포기는 나쁘다고 생각하지 않지만, 해 보지도 않고 손을 놓는 건 아까운 일이라 생각한다. 해 봤으면 잘됐을지도 모른다는, 시간으로도 영영 극복되지 않는 미련을 남기니까.

지금 이 순간, 당신이 오래 품어왔던 어떤 꿈에 도전할까 말까 망설인다면, 무작정 이 만화를 권해 본다. 가슴 후끈해지는 부추김이 필요할 때이니, 밑줄 쫙 긋고 싶은 이런 대사들과 함께 용기 내시라고.

"멜로디 없는 멜로디를 연주하며, 길 없는 길로 가자. 거기에 나에게 있어 가장 반짝이는 것이 있다."

"고민이 될 땐 말야, '어떤 게 올바른지' 따윈 생각하면 안 돼. 답은 저 아래, 네 가슴이 알고 있는 법이야. '어떤 게 즐거운지'로 결정해."

여기까지 쓰고 난 후, 잠시 생각에 잠긴다. 지금 나에겐 절대 포기할 수 없는 꿈 같은 게 남아 있긴 한 걸까. 답이 바로 나오질 않는다. 꿈을 잃은 어른이 되어 버린 게다. 그래도 아직 좌절할 이유는 없다. 포기할 수 없는 꿈을 찾아내는 걸 나의 꿈으로 하지 뭐. 계속 새로운 꿈을 찾아가는 어른, 그게 나의 장래희망이다.

3장

내 인생의 고유한 특별함이란
무엇인가

사랑한다면, 연습이다

가끔 아주 깊고 검은 구멍에 주욱 빠져드는 느낌이 들곤 한다. 가끔, 이라고 말했지만 기준은 제각각이므로 자주, 라고 해도 좋겠다. 샤워를 하다 점점 팽창하고 있는 나의 배를 내려다보았을 때. 서류 같은 데 나이를 써야 할 일이 있어 '음, 내가 올해 몇 살이지?(정말이지 잘 기억이 안 난다)' 더하기 빼기를 하고 있을 때. 녹초로 퇴근해 냉장고를 열었는데 한 달 전 엄마가 싸 준 김치가 담긴 통만 덩그러니 놓여 있을 때.

그리고 그냥 아무 일도 없을 때. 아무 일도 없는 내 인생이 짜증날 때. 어느 시점에서 잘못된 것인가 기억을 더듬어 봐도 짚이는 게 없을 때.

시간이 너무 많은 걸까. 나는 자꾸 나를 관찰한다. 그리고 미워한다. 내가 나의 베프가 되어주고 싶었는데, 외려 나를 따돌린다. 외롭다는 생각이 불쑥 스며들고, 이 외로움이 영원히 끝나지 않을 거란 불길한 예감이 몰려올 때. 내가 서고 싶었던 그 자리는 너무 멀고, 어쩌면 나의 능력이 닿지 않는 곳에 있을 수도 있단 깨달음이 찾아올 때. 왜 하루하루 이렇게 억지로 웃으며 살아가야 하는 건지 도무지 알 수 없단 생각이 들 때.

책을 펼쳤는데 《노인과 바다》였다. 이십대에 (얇아서) 한 번 읽었고, 큰 감흥은 없었고, 내용만 어렴풋이 기억하고 있던 소설. 헤밍웨이에게 노벨문학상을 안겼다는, 불운과 고난 앞에 선 한 인간의 장엄하고 숭고한 싸움을 그린 명작…이라던데? 하며 들춰본 첫 문장부터 눈물이 날 뻔했다. "그는 멕시코 만류에서 조그만 돛단배로 혼자 고기잡이를 하는 노인이었다. 팔십사일 동안 그는 바다에 나가서 고기를 한 마리도 못 잡았다."

알다시피 이런 이야기다. 84일을 허탕치고 85일째 바다로 나간 노인은 평생 본 적도 없는 커다란 물고기를 만난다. 그리고 혼신의 힘을 다해 물고기를 잡는다. 그러나 물고기의 피 냄새를 맡은 상어 떼가 몰려온다. 배에 있던 작살로, 칼로, 몽둥이로 상어들과 싸운다. 그 싸움에 꼬박 사흘이 걸린다. 그리고 결국 상어에게 다 뜯어 먹혀 머리와 뼈만 남은 물고기를 끌고 항구로 돌아온다. 혼자, 부서지기 직전의 작은 배 안에 누워.

역시 별로 재미는 없군 하면서도 책을 덮을 수 없었던 건 이런 느낌 때문이었나. 이건 외로움에 대한 이야기구나. 노인은 혼자 살아간다. 가끔 찾아오는 소년이 있다. 하지만 소년은 아버지와 배를 타야 하므로, 노인과 함께 갈 수 없다. 거대한 물고기를 잡는다. 그동안의 고통에 대한 보상인가 싶었으나 물고기에 끌려가는 신세가 된다. 손에는 쥐가 난다. 물고기의 힘에 배가 뒤집힐 수도 있다. 하지만 버틴다. 다랑어와 상어간유를 억지로 먹으면서. 자꾸만 혼잣말을 한다(나와의 공통점!). "그 애가 있으면 좋으련만!" 간절히 그리워하지만 소년은 없다. 이 혼잣말은 소설 전체에 다섯 번이나 나온다.

　　노인의 캐릭터가 맘에 든다. 자신의 신세를 자주 한탄하지만, 포기는 하지 않는다. 스스로를 믿는다. 수십 년간의 어부생활로 몸에 익힌 실력이 있다. 고독하고 고독하지만 계속 싸운다. 더럽게 운이 나쁜 나날과, 누군가를 원하지만 함께할 수 없는 아쉬움과, 행운인 줄 알았는데 불운이었던 거대한 물고기와. 그리고 생각한다. '넌 지금 너 혼자밖에 없어.' 이 대사가 나왔을 때 나는 이 노인이 좋아지고 말았다.

———

　　그런데 상어들이 밤중에 달려들면 이제 어떻게 하지? 뭘 어떻게 한다?
　　"싸우는 거지 뭐. 죽을 때까지 싸우는 거야."

———

　　미래가 두렵다. 내가 원하는 대로 흘러가지 않을 것 같아서. 어쩔 땐 내가 진짜 원하는 게 무엇인지 몰라 두렵다. 엉뚱한 선택을 하고 후회한다. 사람들은 이 길로 가라 하는데 자꾸 옆길로 샌다. 내가 선택해서 샛길로 가놓고는, 두고 온 길을 동경한다. 비틀비틀 지그재그 매끄럽지 못하다. 그래도 계속 살아간다. 왜냐고 묻는다면 사랑하기 때문 아닐까.

사랑하는 것만이 나를 아프게 한다. 아름답고 싶고, 잘해보고 싶고, 꽤 괜찮은 모습으로 만들어 보고픈 내 삶이라서. 불쑥 찾아오는 절망감에 칼을 내리꽂고, 불운에는 몽둥이로 맞서며, 외로워도 계속 싸운다. 그 아이가 옆에 있으면 좋겠지만, 결국 나는 혼자다.

이런 사람이 있다. 아주 어릴 적 기타를 손에 잡았고, 여덟 살에 정식으로 레슨을 시작했다. 재능 있는 아이였다. 연습이라는 생각도 없이 늘 기타를 연주하고 있었다. 명문 음악학교에 입학했고 여러 콩쿠르에서 좋은 성적을 거뒀다. 하지만 프로 연주자로서의 경력을 막 시작할 무렵, 환상에서 깨어났다. '나의 능력은 여기까지일 뿐, 내가 원하는 그 연주까진 가지 못할 것이다. 연습으로 그곳에 도달하려면 이번 생으로는 부족하다.' 하여, 기타를 놓았다. 위대한 예술가의 꿈을 버렸다.

내 이야기가 아니다. 글렌 커츠라는, '전직 음악가'였고 지금은 문학 연구가이자 작가로 활동하는 미국인의 이야기다. 그가 쓴 《다시, 연습이다》라는 책은, 지난해 내가 읽은 책 중 최고였다. 기타 연주에 대한 이야기지만, 결국 삶에 대한 이야기다. 간절히 원하는 무엇이 결코 내 것이 되지 않는다는 사실을 깨달았을 때, 사랑이 너무 깊어 큰 상처로 남았을 때 우리는 어떻게 계속 살아갈 수 있는가.

유일하게 좋아하던 것을 삶에서 놓아버린 후 저자는 무작정 출판사에 들어가 음악관련 책 편집자로 일했다. 그러다 새로 대학에 들어가 문학공부를 시작, 박사학위까지 받았다. 하지만 어느 날 10년간 손대지 않았던 기타를 벽장에서 다시 꺼내 든다. 쌓인 먼지를 털고, 현을 고르고, 매일 아침 기타 연습을 시작했다. 최고의 연주를 포기한 '나이 든' 전직 음악가에게 연습은 과연 어떤 의미일까. '내가 있는 곳'과 '있고 싶은 곳'의 거리가 아득히 멀다는 사실이 명백한데도 왜 연습을 계속해야 할까.

저자는 무언가를 연습한다는 건 자신만의 '이야기'를 쓰는 것이라고 말한다. 대부분의 젊은 사람들에게 이 이야기는 성공이란 결말로 이어진다. 오늘 홀로 묵묵히 연습히는 이 시간을 통해 언젠가는 목표에 도달할 수 있을 거란 믿음. 하지만 그 같은 스스로의 믿음이 사라지면 "끝없는 반복은 마치 고문처럼 느껴질" 것이다. 저자는 이 고문을 견디지 못해 기타를 떠났지만 유별난 외면은 유별난 사랑의 징표였을 뿐. 한밤중에 떠오른 기타 선율에 몸을 떨며, 결국 자신이 음악을 떠나 추구한 것은 "흥미를 자아내는 대상이었지 사랑한 대상은 아니었다"는 결론에 도달했다. 그렇다면 다시 이야기를 써내려가는 수밖에 없었다.

다시 연습을 시작하면서 그는 더 완벽한 음악을 연주하고픈 욕망에서 벗어났다고 말하지 않는다. 아니 오히려 10년간의 공백으로 실력은 퇴화했고, 고통은 심해졌다. 하지만 그것조차 자신의 이야기로 녹여내는 법을 배우고 있다고 말한다. "더 나은 음악가가 되려면 나는 내 음악을 향한 내 사랑에 포함된 상실감마저 껴안아야 한다. 그리고 사랑과 상실감에 관한 이야기를 연습이라는 형태로 자신에게 들려주는 법을 배워가면서 자신에 대한 실망을 극복해야만 한다."

정말 사랑한다면, 결국 돌아와 그 고통까지 마주해야 한다. 내 안에 있는 혼돈과 충돌까지 모두 나의 일부란 사실을 인정하면서. 지금 이 한 번의 연습이 조금 더 나은 연주를 만들 것이란 믿음으로.

혼자로도 충만하다고 말할 수 있는 날이 올지 모르지만 계속 연습을 한다. 내가 좋아하는 작은 것들을 소중하게 여기고, 정성 들여 해내고, 특별한 날을 평범하게 평범한 날을 특별하게 보내는 연습. 거울을 보며 웃는 연습을, 심장이 덜컥 내려앉지만 태연한 척하는 연습을, 감정의 균형을 잡는 연습을 한다.

외로움이란 물고기에 끌려가 나를 포기하고 싶지는 않으니까. 그렇게 연습하다보면 나만이 쓸 수 있는 어떤 이야기가 있을지도 모른다고 믿어보면서. 인간은 스스로 필멸의 존재임을 자각하는 유일한 동물이고, 죽을 줄 알면서도 꿋꿋이 산다는 것은 그래서 굉장한 일이다. 그러므로 나의 지속가능한 인생을 위하여, 사랑한 다면 연습이다.

혼자 밥을 먹는다는 것

'1인 가구'로 살아온 지 꽤 되었지만 아직 밖에서 혼자 밥을 먹는 데 익숙지 않다. 1인용 좌석이 준비된 식당을 찾아가 보았으나 '혼자 온 손님을 배려한 식당에 혼자 왔음을 과하게 의식하는' 소심함 탓에 외려 피곤하기 그지없었다. 주변에 있는 혼자 밥 먹기의 달인들이 '고깃집에서 혼자 삼겹살을 구웠다' '패밀리레스토랑에서 혼자 스테이크를 썰었다' 등의 무용담을 늘어놓곤 하지만, 내겐 아직 언감생심이다.

정 혼자 밥을 먹어야 할 땐, 동네 김밥천국을 이용한다. 이곳에는 나처럼 아침에 일어나 냉장고를 열었다가 약 5초쯤 밥을 해볼까 생각하다가, 역시 귀찮아, 결론을 내린 끝에 추리닝을 입고 터덜터덜 밥을 먹으러 나온 1인 손님이 대다수다. 당연하다. 모처럼 대학교 때 친구와 만나, 혹은 주말 가족 모임을 하며 "우리 오늘 김밥천국 어때?" "아 그거 좋은데요. 메뉴도 다양하고. 호호호" 하는 사람들이 있을 리가.

주말 점심 무렵, 차려입고 나온 젊은이들로 가득한 홍대 거리를 헤치고 헤쳐 살짝 골목 안쪽에 있는 김밥천국에 들어서면, 이건 뭐 바깥의 생동감과는 아찔할 만큼 거리가 있는, 적막하지만 나름 질서정연한 풍경이 펼쳐진다. 저마다 텔레비전을 향해 앉아 돈가스를, 라볶이를, 김밥을 우적우적 씹고 있는 사람들.

아, 인간은 도대체 왜 하루 세 끼를 챙겨 먹어야 하는 존재인가라는 존재론적 회의와 함께, 나만 외롭게 이 도시를 견디고 있는 건 아니구나 하는 안도감과 함께, 눈은 재빠르게 메뉴판을 훑으며 '어디 오늘은 조미료의 풍미가 일품인 순두부로 해 볼까나' 웅얼거리게 되는 것이다.

드라마 〈고독한 미식가〉는 나처럼 혼자 밥 먹는 게 쉽지 않은 사람들과 함께 보며 '생활의 교본'으로 삼고 싶은 작품이다. 원작은 만화인데 민영방송 TV도쿄에서 드라마로 만들었다가 의외로 반향이 커 시즌을 계속 이어가고 있다. 내용은 매회 비슷하다. 이노가시라 고로라는 중년 독신 남성이 영업을 위해 일본 곳곳을 돌아다니다 문득 허기를 느끼고 주변의 음식점을 찾아 들어간다. 그리고 거기서 만난 소박하지만 맛깔스러운 음식들에 대한 이야기가 펼쳐진다.

일단 이 작품을 보면, 자칫 서글퍼지기 쉬운 '혼자 밥 먹기'에 이런 의미를 부여할 수 있게 된다. 드라마 첫머리에 나오는 내레이션. "누구에게도 방해받지 않고 자신이 먹고 싶은 음식을 마음껏 즐기는 것은, 현대인에게 평등하게 주어진 최고의 치유 행위다." 맞다. 식성이 다른 친구와 만나 곱창으로 하자, 난 스파게티가 당기는데 논쟁할 필요도 없고, 난 1만 2,000원짜리 자연송이 덮밥을 먹고 싶은데 굳이 "이 집은 짬뽕이 최고"라는 팀장님 때문에 고민할 이유도 없다. 지갑 사정에 따라 음식의 질과 맛은 천차만별이겠지만, 먹고 싶은 음식을 앞에 두고 입맛을 다시며 홀로 앉아 있는 사람들의 설렘은 어떤 의미에서 평등하다.

주인공 고로 아저씨가 가르쳐 주는 혼자 밥 먹기의 기술은 '열정과 집중'으로 요약된다. 그는 배가 고프다고 아무거나 먹지 않는다. 잠시 발길을 멈춘 후 공복을 확인하고 스스로에게 이렇게 묻는다. "지금 내 배는 과연 무엇을 원하고 있는가." "오늘은 내 안에 무엇을 넣으면 좋을까." 식당은 그냥 "끌리는 곳으로" 간다. 가게 전체의 분위기를 확인하고, 맛있을 것 같다는 감이 오면 무작정 들어간다. 주문은 신중하다. 어지러운 메뉴판을 꼼꼼하게 읽고 주변 손님들이 무엇을 먹고 있는지도 세심하게 관찰한다. 나를 실망시키지 않을 이 집만의 필살기는 과연 무엇일까. 그리고 드디어 주문한 음식이 나오면 식사 시작.

거리를 걷는다 - 배가 고프다 - 식당에 들어간다 - 밥을 먹는다, 라는 터무니없이 단순한 플롯의 이 드라마를 계속 보게 되는 건, 음식에 대한 고로 아저씨의 진지함과 문학적 재능 덕분이다. 그는 어렵게 고른 메뉴를 하나하나 음미하며 독창적인 평가를 내린다. 치킨가스를 한입 베어 물고 "확실히 '치킨'이라고 자기 주장을 하고 있군. 돼지와는 세계가 달라" 한다거나, 고기에 집중하다 숯불에 얹은 야채를 바싹 태우고 말았을 땐 "아, 무관심으로 병사들을 개죽음시킨 것과 같지 않은가" 하고 탄식하는 식이다.

무엇보다, 너무 맛있게 먹는다. 감격스런 맛의 장어덮밥을 입

속으로 정신없이 쓸어 넣으면서 그는 외친다. "장어구이와 흰밥은 역시 최고군. 위장행 특급열차 쾌속주행!" 이럴 때 그의 표정은 하정우의 먹방 연기 저리 가라 할 정도로 일품이다. 보는 사람마저 침이 꿀꺽 넘어갈 만큼, 덩달아 한입 맛보고 싶어 손발이 배배 꼬일 만큼, 잘 먹는다. 오죽하면 '푸드 포르노'라고까지 표현하겠나.

도쿄에 살던 2년 동안 이 드라마의 주인공처럼 혼자 밥 먹는 아저씨들을 무수히 봤다. 알려진 대로 도쿄는 혼자 살기에 최적의 도시이며, 반쯤은 여행객의 감각이었던 탓에 '남의 시선 의식하기'의 대가인 나 또한 혼자 식당에 들어가는 일이 그리 힘들지 않았다.

그들 모두가 〈고독한 미식가〉의 고로 아저씨처럼 만면에 미소를 띠고 온몸으로 음식의 맛을 음미하며 식사를 하고 있었던 건 아니다. 늦은 저녁, '스키야' 같은 규동 체인점에서 끼니를 거르고 야근을 한 아저씨들이 굳은 표정으로 묵묵히 소고기와 쌀을 씹고 있는 모습은, 밥벌이의 비루함과 고단함을 꾸역꾸역 소화시키고 있는 것 같아 짠하기도 했다. 하지만 가끔씩, 화려한 비주얼의 계절 한정 소고기덮밥에 맥주 한 잔으로 느긋하게 하루를 마무리하는 아저씨들을 만나면, 왠지 저 모습이 어른이구나 싶어 마음이 뭉클해졌다. 혼자 자연스럽게 밥을 먹을 수 있다는 건 삶을 견뎌낼 준비가 됐다는 어떤 징표 같다.

사회학자 에릭 클라이넨버그가 쓴 《고잉 솔로 – 싱글턴이 온다》라는 책을 읽다가 공감한 부분이 있다. 수명 연장의 시대, 누구라도 언젠간 싱글턴singleton(독신자)이 될 것이며, 비참한 싱글턴이 되지 않으려면 일상을 홀로 감당하는 신체적, 감정적 능력을 키워야 한다는 것이다. 그 능력 가운데 '혼자 외식을 할 수 있는가'는 기본 중의 기본일 것 같다. 그런 의미에서 이제라도 김밥천국과 김가네의 굴레에서 벗어나 홍대 맛집 도장깨기에 나서 보면 어떨는지, 스스로에게 권해 본다.

일단 스타트가 중요하다. 정확히 식사 시간, 가장 손님이 바글거리는 식당을 고른다. 호기롭게 문을 열어젖히고 안으로 들어간 후, 주눅 들기 전에 재빨리 "한 명인데요"를 외친다. 눈치 빠한 웨이터의 애매모호한 시선을 꿋꿋하게 받으며 메뉴를 꼼꼼히 살펴본다. 그리고 세심하게 고른 서너 개의 음식을 주문한다. 이때, 맛보고자 하는 메뉴를 골고루 주문하는 것이 포인트. 남으면 어쩌지 걱정하지 말고. 술이 제공되는 곳이라면 맥주도 함께.

가장 주의할 점은, 음식이 나왔는데 휴대폰을 꺼내 들여다보거나 하면 절대 안 된다는 거다. 맛에 집중할 수 없으니까. 무조건 고로 아저씨처럼 연신 감탄하며 골고루 다 먹어야 한다. "뭐지? 이 맛있음은? 너무 맛있어서 웃음이 나와." "오, 이 제육 오징어 덮밥 속의 돼지와 오징어들! 서로 조화를 이루면서도 각자의 개성을 뽐내고 있군." 제법 즐거울 것 같지 않은가.

우정은 연금 보험 같은 것

여자들의 우정이란 참으로 덧없는 것이로구나, 생각하던 때가 있었다. 여중고를 다닌 덕에 십대엔 동성 친구가 당연한 것이었으나, 이십대가 되니 우정보다는 사랑이 중요했다. 거의 모든 일상을 함께하고, 거의 모든 감정을 나누고 (있다고 믿고), 나의 칭얼거림을 시도 때도 없이 받아 주는 사람이 있는데 만나서 차 마시고 수다 떨 친구 같은 거 없으면 어때, 싶었다.

삼십대가 되자 다들 바빠졌다. 친구들은 결혼을 하고 아이를 낳고 각자의 가정을 꾸리느라 내게 내어줄 틈이 없어졌고, 싱글인 나는 마감과 음주 사이를 오가기에도 시간이 늘 빠듯했으며, 몇몇 친구는 꿈을 찾아 먼 나라로 훌쩍 떠나 버렸다.

〈술이 깨면 집에 가자〉라는 제목의 영화가 있다. 알코올의존증에 시달리는 한 남자와 가족의 이야기다. 전쟁 사진 작가 가모시다 유타카와 그의 아내인 만화가 사이바라 리에코의 실화를 바탕으로 만들어졌다. 그런데 사이바라 리에코라는 이분, 일본에서는 '불우한 유년기'의 상징과도 같은 만화가다.

그녀의 자전적 이야기를 담은 작품으로《우리집》《여자 이야기》《만화가 상경기》가 있는데, '성장기 불행 3부작'이라 이름 붙어도 무색하지 않을 이 작품들에서 가출, 폭력, 매춘, 약물 등은 그저 일상이다. 《우리집》은 가난한 어촌마을 부모에게 버림받은 세 남매의 성장기이고, 《여자 이야기》는 어려운 환경에서 특별한 재능도 없이 태어나 끝까지 행복해지지 못한 동급생 세 소녀의 이야기다.

작가가 이 마을에서 탈출해 도쿄로 올라와 만화가가 되기까지의 사연은《만화가 상경기》에 담겨 있다. 그녀의 만화들은 충격적이고 슬프지만, 읽다보면 종종 미소가 번진다. 남들의 눈에는 엄청나 보이는 불행을, 아무 일도 아니라는 듯 능청스레 툭 던지는 작가의 표현 방식 때문이다. 그런 작가의 장기가 가장 잘 드러나는 작품이《여자 이야기》다.

산과 밭과 공장이 있는 넉넉지 못한 마을, 여자아이 셋이 만난다. 세 아이의 집은 그 동네 사람들이 대체로 그렇듯 무난함과는 거리가 멀다. 무서운 엄마가 있는 미사와 다 쓰러져가는 더러운 집에 사는 키이는 주인공의 가장 친한 친구들. 하지만 미사는 아이들의 가방을 들어 주는 '왕따'고, 키이는 더럽다고 놀림을 당한다. 허구한 날 싸우는 엄마와 의붓아버지긴 하지만, 그래도 그중에는 가장 '무난한' 가정에서 살고 있는 주인공은 때로 친구들이 창피해 숨기도 한다.

만화는 가진 것도 인기도 없는, 그래서 "어른이 되어도 행복해지지 못할 거라는" 우울한 믿음을 갖고 있던 세 소녀의 끈끈한 우정을 그린다. 소녀들은 함께 먼 도시로 훌쩍 여행을 떠나기도 하고, 바닷가에서 "이 세상 어딘가에 분명 나를 있는 그대로 좋아해 줄 애가 있을 것"이라 믿으며 편지를 병에 담아 던지기도 한다.

중학생이 된 세 소녀는 '똥통 학교'에 진학해 탈선의 길로 들어서지만, "날라리가 되어서도 여전히 변변치 않은" 신세다. 키이는 도둑질과 본드 흡입을 일삼는 타카 오빠를 좋아하는데, 타카 오빠는 절대 키이를 여자친구로 삼으려 들지 않는다. 왜? 키이가 못생겼기 때문에. 친구들은 그 사실을 알고 있지만, 절대 진실을 입에 담지는 않는다.

슬픈데도 쑥쑥 자라 어른이 된 소녀들. 열아홉에 결혼한 키이는 남편한테 두들겨 맞고 입원해선 "글쎄 축구공처럼 뻐엉~ 차더라니까"라며 '아하하' 웃는다. "우리는 어디가 아픈지 잘 몰라도 좌우지간 아팠다. 셋이서 파스를 붙이고 깔깔 웃었다."

사랑이 상대방이 가진 것에 끌려 시작된다면 우정은 상대방의 결핍을 알아보며 시작된다. 그래서 때론 사랑보다 우정이 더 어렵다. 가진 것을 알아보는 건 어렵지 않지만, 가지지 못한 것에 마음을 내어 주는 것은 쉽지 않으니까.

사랑 역시 그 종착점은 우정이라, 상대의 결핍까지 받아들일 수 있다면 지속되지만, 그러지 않으면 끝날 수밖에 없다(고 나는 생각한다). 상대의 결핍에 공감하며 시작되는 것이 우정이기에, 서로에게 진짜 행복을 빌어 줄 수밖에 없는 것이다.《여자 이야기》의 주인공이 친구들에게 건네는 대사처럼. "나는 키이가 좋다. 그러니까 키이는 꼭 행복해졌으면 좋겠다."

　나와 내 친구들을 이어 준 것도 그런 절망이었다. 대학 때 언론시 시험 준비를 함께하던 친구는 나에게 '싸우러 갈 차비'를 꿔 줬다. 때는 방학이었고 장소는 학교 중앙도서관, 지방에 있던 남자친구와 별것 아닌 (일이었지만 당시에는 세상이 끝날 것 같았던) 사건으로 싸우던 나는 펑펑 울면서 그녀에게 기차표 살 돈을 꾸러 갔더랬다. 엉망인 내 얼굴을 보곤 아무 말 없이 만 원짜리 지폐를 건네주던 친구.

　경찰서 앞마당을 서성이다 사귄 친구도 있다. 처음 기자가 돼 경찰서 수습을 돌던 때였다. 수습기자였던 그녀는 경찰서로 찾아온 남자친구에게 이별을 통보받았다고 했다. 체력적으로 인생에서 가장 힘든 시기를 보내던 우리는 그렇게 서로의 고통을 발견하며 친해졌고, 이후로도 술술 풀리지만은 않는 서로의 시간을 공유하면서 함께 어른이 되었다.

　고백하자면 친구들을 질투하던 때도 있다. 두려워서였다. 그들이 너무 잘될까 봐. 나보다 훨씬 번듯한 사람이 될까 봐. 너무 행복해져서 나의 결핍을 더이상 알아보지 못할까 봐. 친구들이 하나씩 인생의 새로운 단계로 들어설 때마다, 사람들이 칭찬하는 성과를 낼 때마다 100퍼센트 순수하게 축하했다고는 말하지 못하겠다. '친구니까 당연히 잘되었으면 좋겠지, 하지만 나보다 너무 많이 잘되지는 말았으면 좋겠어'란 마음이 인지상정이란 생각을 했던 적도 있다.

　하지만 나이가 든다는 건 조금쯤 멋진 일이라, 이제 나는 결국 그들의 행복을 진심으로 빌어 줄 수 있는 사람이 되었다(고 믿고 있다). 누구의 인생도 누구의 것보다 더 낫거나 아름답다고 말할 수 없다는 걸, 우리는 서로 다른 듯 같은 길을 가고 있기에 서로를 아끼고 응원하는 수밖에 없다는 걸 나는 그들에게 배운다.

선배 중 하나가 말했다. "우정은 연금보험 같은 것"이라고. 길고 힘겨운 시간을 함께 보낸 내공으로, 쓸쓸하다 싶을 때 신기하게도 "요즘 어때?"라고 말을 걸어 주는 친구들. 나의 부족함을 세상 그 누구보다 잘 알고 있지만, 섣불리 평가하거나 비난하지 않는 친구들. 삶의 골짜기에 어이없이 처박혀 울고 있을 때 다시 세상으로 끌어내 줄 친구가 우리에게는 필요하다. 앞으로도 꽤 길고 지루하게 이어질 이 삶을 그들 없이 꿋꿋하게 버텨 낼 수 있는 방법을, 나는 알지 못한다.

만화방 표류기

자취를 시작한 후로 이사할 때마다 반드시 체크하는 항목이 있다. 집에서 가까운 곳에 만화방이 있는가. 20여 년이 다 되어 가는 서울살이에도 신촌이나 홍대 인근을 벗어나지 못한 이유 중 하나기도 하다.

보고 싶은 만화를 보려고 전철이나 버스를 타고 30분 이상 가야 하는 (만화에 애달픈 자로선 산 넘고 물 건너 천릿길인 양 험한 심경이 되게 하는) 동네에 살아야 한다는 건 생각만으로도 우울하다. 영혼에 안식을 주는 '소울푸드'처럼 온갖 번뇌를 내려놓고 편해질 수 있는 장소, 이를테면 '소울스페이스' 같은 게 누구에게나 있을 게다. 내게는 그곳이 바로 만화방이다.

만화방을 들락거리기 시작한 건 중학교 때부터다. 어느 주말, 만화를 좋아하는 친구를 따라 친구네 학교 근처 만화방에 들렀는데, 문을 열고 들어선 순간, 그 공간을 좋아하게 됐다. 뭐랄까, 모범생에게는 미지의 영역이었던 불량스럽고 퇴폐적인 기운이 가득했다고나 할까. 만화가 빽빽이 꽂혀 있는 책장들이 공간을 나누며 겹쳐져 있고, 책장 사이사이 밀실처럼 소파와 테이블이 자리 잡고 있었다.

고등학교를 졸업할 때까지 드나들었던 그 만화방에서 황미나, 신일숙 등은 물론이고 아직도 그 정체가 확실히 밝혀지지 않은 미스테리어스한 만화가 '김영숙'을 만나게 된다(일본 만화를 베끼면서 출판사가 만들어 낸 작가라는 설도 있었고, 창작 집단이라는 설도 있었으며, 사실은 오십대 아저씨라는 이야기도 돌았다). 지금도 잊히지 않는 그의 대표작 《갈채》 시리즈는 《갈채》 《마지막 갈채》 《영광의 갈채》 《분노의 갈채》 등으로 20권 넘게 이어지는 대작인데, 그 내용은 도저히 요약이 불가능하다.

그렇기도 간단히 말해 보자면, 연극 배우 지망생이던 여자 주인공이 어느 날 정체불명의 미남과 계약을 맺고 남장 여자로 살게 된다는 줄거리인데, 회를 거듭할수록 호러와 동성애, SM 등 여중생에게는 파격적이기 그지없었던 내용들이 종잡을 수 없이 펼쳐지는, 아스트랄한 컬트물이었다. 나중에는 신화의 세계로까지 제멋대로 뻗어 가던 이 만화의 거대한 서사 구조에 비한다면 요즘 막장 드라마의 전개란 그저 애들 장난 수준이다.

재수생 시절에는 학원 앞 만화방을 자주 다녔다. 재수, 삼수, 장수생들로 우글거렸던 곳이라선지 묘한 우울감과 자포자기적 열기가 공존하는 곳이었다. 당시에 봤던 만화 중 가장 기억에 남는 건 최근에야 정식 한국어판이 출간된 《아키라》다. 일본 작가 오토모 가쓰히로의 만화였는데 제3차 세계대전 후 폐허가 된 일본 도쿄가 배경. 주인공 아키라는 과학자들의 인체 개조 실험으로 세계를 멸망시킬 수 있는 힘을 갖게 된 소년이다. 그를 차지하려는 집단들의 갈등, 인간의 파괴적인 욕망이 만들어 낸 디스토피아를 그린다.

만화방에서 가끔 마주치던 같은 반 오빠의 권유로 보게 되었는데, 원래 SF물은 그다지 내 취향이 아니었음에도 읽는 내내 마음이 울렁거렸다. 스무살 인근의 열패감이 만화 속 인물들의 어두운 폭주와 만나 마음을 휘저었던 탓일까. 무엇보다 그림이 압도적이었다. 세밀화처럼 한 컷 한 컷 정교하게 그려진 도시의 풍경… 깨진 유리 조각 하나까지 이토록 생생하게 그리려면 얼마나 오랜 시간 책상에 붙어 앉아 종이를 노려봐야 할까, 생각하다가 수험생 마인드로 복귀해 '나도 이 만화가처럼 책상에 붙어 앉아 공부 좀 열심히 해야겠다' 다짐했던 기억도 있고.

만화방은 기왕이면 너무 깔끔하지 않은 게 좋다. 대학 때 즐겨 가던 신촌의 만화방은 은은한 화장실 냄새가 배어 있는 곳이었다. 소파에는 라면 국물 자국이나 짜장 얼룩이 남아 있었다. 뭘 해야 할지 도무지 모르겠던 신입생 시절의 공강 시간, 종종 그곳에서 끼니를 때우며 만화를 읽었다.

만화방에서는 다들 함께이면서 동시에 혼자였다. 나란히 앉아 만화를 보는 연인들도 있지만, 그런 경우에도 두 사람은 각자 고른 만화의 세계에 빠져 있다. 누군가는 한쪽 구석에서 큭큭큭 웃거나, 훌쩍훌쩍 눈물을 삼키기도 한다. 코믹 만화에 지나치게 집착하던 나는 어디선가 웃음소리가 들리면 '무슨 만화를 읽고 있는 거야' 궁금해서 도무지 견딜 수가 없는 상태가 된다. 그렇게 옆

자리를 커닝해 읽은 만화가 《오늘부터 우리는!!》《이나중 탁구부》《키드갱》 같은 만화였다.

정작 만화를 볼 때보다 오늘은 무슨 만화로 시간을 때울까 책장을 서성이며 만화를 고르는 동안의 설렘이 좋았던 것도 같다. 여기 이 공간에, 내가 빠져들 수 있는 엄청나게 많은 세상이 있다. 바깥의 현실을 깔끔하게 잊고 몰입할 수 있는 흥미진진한 세계. 그렇게 만화에 빠져 있으면 시간이 정말 놀랄 만큼 빠르게 흘러 갔다. 어김없이 시계를 보며 "앗, 벌써 시간이 이렇게 지났어?" 놀라기 일쑤였고, 그러다 본의 아니게 수업을 자주 빼먹는 불량 학생이 된 건 뭐 어쩔 수 없고.

만화방 주인에 대한 어떤 환상도 있다. 만화방의 주인이란 인생의 비밀을 다 알고 있다는 듯 적당히 무심한 표정이 어울린다. 하지만 "무슨무슨 만화 어디 있어요?"라고 물었을 땐 곧바로 "저기" 하며 손가락을 희미하게 까딱여 방향을 알려 준다. 진정한 프로의 향기라 일컬을 제스처다.

요즘엔 만화를 빌려 보기보단 사서 보는 사람이 늘어났고, 나역시 예전에 비해 만화 전문 서점에서 신간을 구입해 집에서 읽는 경우가 많아졌다. 비가 주룩주룩 내리는 주말 오후, 혹은 실내에서도 코가 시린 겨울날, 따뜻한 전기 장판과 이불, 수북이 쌓인 귤과 만화책은 인생을 풍요롭게 만들어 주는 비장의 4단 콤보라 믿는다.

하지만 뭔가 마음이 뒤숭숭한 날이면 어김없이 집에서 뒹굴던 후드티 차림 그대로 만화방으로 향한다. 다행히도 지금 살고 있는 동네에는 마음 편히 들어갈 수 있는, 적당히 어지럽고 적당히 무심한 주인이 있는 만화방이 몇 있다. 언젠가, 만약 이 세상의 만화방이 다 사라지는 시대가 오면, 나는 세상의 마지막 만화방 주인이 되어야겠다. 그래서 나처럼 인생의 빈틈을 메우러 들어온 손님들에게 짜장면을 시켜 주고, 컵라면에 물을 부어 주기도 하며, 누군가 어떤 만화를 찾으면 3초 안에 알려 주는 유능한 만화방 주인이 되련다.

어쩌다 어른

농담 반 진담 반, "다시 태어날 수 있다면 가수 이적으로 태어나고 싶다"는 말을 한 적이 있다. 그가 소설집 《지문사냥꾼》을 펴낸 2005년 무렵이었나. 명문대 졸업생에 진솔하고 사색적인 노래를 만드는 싱어송라이터인 그가 소설 '마저도' 잘 쓴다는 사실에 왠지 속이 쓰려왔던 기억. 게다가 인터뷰를 위해 만난 그는 재능을 가진 이의 까탈스러움 대신 여유와 유머까지 탑재하고 있었다. 안다. 이건 잘나가는 (것처럼 보이는) 또래에게 느끼는 어떤 질투다.

지난 초겨울 파리 출장길, 새로 나온 이적의 5집 앨범을 줄기차게 들었다. 찬바람이 패딩을 파고드는 이국의 겨울이라 더 그랬을까. "아무것도 몰라요라고 하기엔 난 짧지 않은 세월을 살아온 것 같네요"라는 〈고독의 의미〉 첫 소절에 마음이 후드득 내려 앉았다.

3년 만에 내놓은 이적의 앨범은 더없이 쓸쓸했다. 가수의 나이는 마흔. "어릴 때는 삶이 아주 길 것 같았지… 이젠 두려울 만큼 짧다는 걸"(〈이십년이 지난 뒤〉) 아는 나이가 됐다. 하지만 여전히 불혹不惑은 요원한 모양이다. "깊은 밤중에 문득 눈을 떠 두근두근 대는 가슴 쓸어내리죠. 매일 내게 떨어질 버거운 삶의 짐들이 여전히 두려워 잠이 들어 깨어나지 않기를 바래보다 눈물 흘려요." 〈누가 있나요〉에선 여전히 적응되지 않는 삶, 미래에 대한 두려움이 읽힌다. 그에게도 "욕망은 오랜 병. 지겹도록 삶을 갉아먹는 병. 아무리 아닌 척 싸매어 봐도"(〈병〉) 떨쳐지지 않는 고질병이다.

출장에서 돌아와 그의 인터뷰를 읽었다. 두 아이의 아버지가 됐다는 그는 "가정생활은 행복하다. 그것과 별개로 인간이 본질적으로 갖고 태어나는 고독에 대한 이야기를 하고 싶었다"고 했다. 이렇게 모든 것을 갖춘 (것처럼 보이는) 사람이 이런 감성까지 지녔다니 너무해, 라며 질투하기보다 그냥 감사하기로 했다. 나만 아직 어른이 덜된 건 아니구나, 홀로 허둥대는 건 아니구나 싶어서. "이 넓은 세상 위를 하루하루 비바람을 맞고 걸어요. 혼자서 가는 걸까, 외쳐 봐요, 누가 있나요" 노래하는 그의 음악 덕분에 조금은 덜 쓸쓸한 겨울이 될 것 같아서.

이십대에는 서른살이 되면 어른이라고 말할 수 있을 줄 알았다. 마흔이 된 나는 상상할 수 없었다. 회사에서는 경력을 쌓아 웬만한 일쯤은 척척 해내고, 결혼을 하고 아이를 낳아 더이상 외로움 때문에 소스라칠 만큼 절망적인 기분에 빠져드는 일 같은 건 없을 줄 알았다. 하지만 서른은 여전히 아프게 헤매야 하는 나이였다. 이쯤 되면 완수했어야 할 숙제를 해내지 못했다는 부끄러움, 불안감. 그래서 언젠가부터 사람들이 나이를 물으면 "몇 살입니다"가 아니라 "몇 년생입니다"로 답하곤 한다. 내 나이를 입 밖에 내는 것이 어색하고 두렵다.

구마시로 도루라는 정신과 의사가 쓴 《로스트 제너레이션 심리학》이란 책이 있다. 일본에서는 1970~80년대 전반 사이에 태어난 이들을 로스트 제너레이션 세대라 부르는데, 1975년생인 저자 역시 해당된다. 이들에게는 특징이 있다. 일본의 고도 성장기에 자랐지만 만성 불황기에 사회생활을 시작해야 했다. 입시만 뚫으면 성공할 수 있을 줄 알았는데, 대학을 졸업할 때쯤 불황이 깊어진다. 정규직을 유지하며 내 한 몸 건사하기도 힘든 이들은 스스로를 어른의 위치에 놓기를 거부한다. 어릴 적부터 누리던 문화생활을 그대로 누리며, 책임질 일은 피하고, 언제까지고 이 사회의 어린아이 혹은 청년으로 머물고자 한다. 이런 사람들을 가리켜 저자는 '사춘기 모라토리엄(지불 불능 상태, 사회적으로 책임지지 않으려 하는 것)'에 빠졌다고 말한다.

오쿠다 히데오의 소설집 《걸》에 수록된 〈띠동갑〉이라는 단편에도 비슷한 이야기가 나온다. 주인공은 서른네 살의 싱글녀 요코. 결혼을 안 하겠다는 생각은 아니기에 소개팅도 꽤 열심히 한다. 자신은 분명 파트너를 찾고 있다는 구실을 만들긴 하지만, 지금 이 상태로도 그다지 불편하지 않다는 마음으로 소개팅에 임한다. 즉, 설레는 만남을 기대하기보다는 자기랑 비슷한 동족이 아직도 많다는 사실에 안심하는 것뿐이다.

한동안 제대로 된 연애라고는 한 적이 없는 요코는 어느 날 회사에 새롭게 등장한 자신보다 열두살 어린 띠동갑 신입 사원 신타로에게 마음이 흔들린다. 나이가 많다는 자격지심과 자신보다 어린 여자 후배들을 향한 맹목적인 질투심으로 괴로워하던 요코는 결국 깨닫는다. 그렇구나, 신타로는 나의 현실 도피처였구나… 현실을 마주 보는 게 싫어서 나보다 훨씬 나이 어린 남자를 짝사랑하며 시간을 잊어버리고 싶은 마음. 결국, 이게 모라토리엄이다.

사실은 무엇을 잘못하고 있는지 모르겠다. 어른이 되는 것은 과연 어떤 건지, 어떻게 하면 될 수 있는 것인지도 알 수 없다. 어쩌다 보니 '어른'이라 불리는 나이가 되어 버렸고, 몸은 조금씩 노화의 징후를 보이는데, 마음은 여전히 말랑해서 작은 스침에도 쉽게 상처가 난다. 이적의 노래처럼 아직은 내 앞에 놓여 있는 삶의 짐이 버겁고 두려울 뿐이다.

이렇게 생각하기로 한다. 스무살의 나와 지금의 나, 분명 지금의 나는 스무살의 나보단 나 자신을 덜 아프게 받아들이게 되었다. 내가 갖지 못한, 잘하지 못하는 많은 것들에 대해 스스로를 비난하지 않고 담담히 인정할 수 있게 되었다. 이렇게 조금씩, 나 자신과, 세상과 화해하며 어른이 되어가는 것이라고. 마흔이 되어도 쉰이 되어도 여전히 성장통은 있을 테지만, 지금보다는 훨씬 덜 쓰라리기를 기대하며.

맞춰 주기 힘든 내 기분

아침에 일어나니 기분이 50점이었다. 오래전 알고 지냈던 남자 하나가 현실에선 떡하니 딸과 아들을 둔 내 친구와 결혼한다며 청첩장을 내미는 꿈을 꿨다(뭡니까. 프로이트 선생).

허겁지겁 출근 준비를 마치고 큰 길로 나가는데 한쪽 신발 바닥이 영 불편했다. 택시를 잡아 타고 스니커즈를 벗어 보니 벌레 한 마리가 신발 안에서 사망해 있었다. 앗, 내 무게에 깔린 건가. 기분은 30점으로 하강.

아저씨가 말을 건다. "우리 손님은 결혼 하셨나?" "아…네… 뭐…" 젠장, 잘못 걸렸다. "실은 우리 딸이 서른다섯인데 아직 결혼을 못하고 있어서 말이지. 남자들한테 인기도 없는 것 같고. 그래서 내가 그랬지. 너도 결혼 못할 거면 대통령이라도 해!(아마도 박근혜 대통령 이야기)" 그랬더니 딸이 답했단다. 아빠가 대통령을 했어야 내가 대통령을 하지!" 오 딸의 역습, 괜찮은 걸. 하하 기분은 60점으로 상승.

회사에 오니 책상에 책이 산더미처럼 쌓여 있다. 출판 담당 기자들에게 한 주에 도착하는 책은 100권 가까이. 지금 막 출근했는데 왜 벌써 퇴근하고 싶지? 봉투를 뜯는다. 표지를 보는 순간, 넘겨보지 않을 도리가 없다. 책 제목이 《타임 푸어》다. 시간이 부족하다고? 아래편에 이렇게 적혀 있다. "왜 해도 해도 할 일이 줄지 않을까?" 내 말이…. 네댓 페이지쯤 넘겼을까. 스마트폰이 울린다. 취재원과 통화를 하고, 방금 보냈다는 이메일을 확인한다. 내선전화가 뚜루룩 뚜루룩. 회사 1층에 책을 들고 온 택배 기사님이 기다린단 소식이다. 내려갔다 올라오니 부장에게 전화가 와 있다. 독감 걱정하는 엄마 문자에 답도 해줘야 하고, 오늘은 은행도 문 닫기 전에 꼭 들러야 하는데…. 정신이 없다. 《타임 푸어》라는 책을 읽을 '타임'이 '푸어'하다.

부장 눈치 보기도 바쁜 직장인인데, 내 눈치 보느라 시간을 허비한다. 하루에도 여러 번씩 기분이 오락가락. '일희일비의 대가'라고 이미 선언한 바 있으나, 이건 뭐 일희일비를 넘어 잔물결 큰 물결 사정 없이 덮쳐 오는 하루다. 며칠 전에 친구와 점심 약속을 해 놓았는데 출근길에 벌레를 발견한 후 기분이 다운돼 친구에게 문자를 했었다. '오늘은 컨디션이 넘 안 좋아. 다음 주에 만나자.' 회사에 와서 두 시간쯤 있으니 뭐가 됐든 밖으로 나가고 싶어진다. 친구에게 문자를 한다. '미안, 혹시 오늘 그냥 밥 먹으러 나오면 안 돼?' '아씨 야, 너 뭐냐…12시 반까지 갈게.' 욕하면서 나와 주는 친구, 기분 상승이다.

점심을 먹고 들어와서 급한 기사를 쓴다. 이때만은 기분이고 뭐고 없다. 가장 집중하는 시간이다. "얼굴 좀 펴라" 지나던 선배가 한마디 던진다. 집중하고 있을 때 내 얼굴에는 심술이 가득 깔린다고. 벌써 5시. 주말 약속이 생각난다. 소개팅 후 두 번째 만남이다. 또 보자고만 해놓고 구체적인 약속을 하지 않았다. 망설이다 카톡을 보내 본다. '우리 주말에 어디서 볼까요?' 15분이 지나도 답이 없다. 이 남자 뭔가. 퇴근 시간이 가까워서야 답이 도착했다. "너무 바빠서 주말에 일해야 할지도 모르겠네, 상황 좀 봐서 연락할게요." 안다 알아. 연락 안 올 거. 기분 바닥이다. 지금부터 아무도 건드리지 말아줘.

퇴근 지하철. 책을 읽는다. 얼마 전부터 휴대폰을 들여다보면 멀미 증상이 나타나기 시작했다. 책상 구석에 쌓여 있는 책들 중 하나를 고른다. 독일 일간지 〈타게스 슈피겔〉에서 부고기사 담당으로 일했던 저자가 쓴 《내 인생의 결산 보고서》. 보통은 신문에 나오지 않을 법한 일반인들의 삶과 죽음을 취재해 쓴 글이다.

세상 사람들이 이름만 들으면 알 만한 유명인의 이야기가 아니라 가족과 지인들에게만 크고 작은 추억을 남기고 떠난 평범한 사람들의 죽음. 신문사로부터 유족의 연락처를 받아 만나서 이야기를 듣는다. 그리고 A4용지 2~3장에 고인의 생애를 요약하는, 그런 일.

쉬웠을 리가 있나. 슬픔으로 오열하는 유족들에게 이것저것 질문을 던지는 일은 고역이었다고 저자는 말한다. 이런저런 기억을 풀어놓으면서도 '당신이 그에 대해 뭘 알겠어'라는 눈길을 던지는 이들이 많았단다. 스스로도 미심쩍었다. 살아있을 때 한 번도 만난 적이 없는 사람들의 삶을 내가 과연 잘 쓸 수 있을까. 자전거로 출근하던 길에 교통사고로 세상을 떠난 여자, 에이즈로 죽은 동성애자, 술에 취한 채 쓰러져 시궁창에서 발견된 남자⋯. 이런 사람들의 삶을 어떻게 그려야 하나.

이 어려운 일을 하면서 그는 모든 이의 삶에는 '고유한 특별함'이 있다는 사실을 알았다고 말한다. 젊은 시절을 마약에 취해 살았지만, 남자친구의 죽음을 목격한 후 마약을 단호히 끊은 한 여자의 삶에서 그는 '자기 연민의 늪에서 스스로 빠져나온 용기'를 읽는다. "그녀는 삶을 허비하는 것이 더 영웅답다고, 삶은 허무하고 무의미하다고 속삭이는 사탄과 싸워 이겼다."

어릴 적부터 수많은 질병과 싸우면서도 놀랄 만큼 명랑했던 한 젊은이가 세상에 남긴 수첩에는 이런 글이 적혀 있었다. "크게 외치는 것만이 용기가 아니다. 하루의 끝에서 '내일 다시 해 보자'고 말하는 작은 음성이 용기일 때도 있다." 저자는 책을 읽는 이들에게 당장 당신 인생의 결산 보고서, 즉 A4 세 장짜리 추모기사를 써보라고 말한다. 솔직하고 짧게. 그러면 알게 될 것이라고. 당신이 어떻게 살아왔으며, 앞으로 어떻게 살아가야 할 것인지를.

책을 덮으며 생각한다. 내 인생의 고유한 특별함이란 무엇일까? 누군가 나의 부고기사를 쓴다면 무엇이라고 쓰게 될까. 일희일비하다 내 이럴 줄 알았지? 울적한 마음에 집에 왔는데 현관문 앞에 홈쇼핑에서 주문한 '겨울 니트 3종 세트'가 도착해 있다. 앗싸 기분이 부쩍 좋아진다. 80점. 오늘 최고 스코어를 찍는다. 니트 3개 중 하나는 통통한 여성을 뚱뚱으로 바꿔 놓는 힘을 지녔다. 곧바로 마이너스 10점. 간단한 저녁상을 차리고 맥주를 꺼낸다. 혼자 술 마실 때 읽는 만화 〈술꾼도시 처녀들〉을 펼쳐든다. '야근 뒤 술 한잔 열 보약 부럽잖다'를 신조로 매일 마셔대는, 술에 죽고 술에 사는 서른다섯 아가씨들의 이야기다.

만화책을 읽다 혼자 소파를 두드리며 웃는다. 주인공은 퇴근 길에 언제나처럼 술집을 찾는다. 바에 자리가 없어 테이블에 앉았다. 한 남자가 다가온다. "저기, 실례지만 아까부터 혼자 계시던데 혹시 누구 기다리세요?" 여자는 기대한다. '아 이게 바로…?' 옅은 미소로 답한다. "아뇨, 혼자에요."

그러자 남자가 말한다.

"그래요? 그럼…의자 좀 가져갈게요."

푸하하 웃으며 맥주 한 캔을 비운다. 사소한 고민과 사소한 기쁨으로 가득했던 고요하고 복잡한 나의 하루가 이렇게 지나간다. 미드 〈왕좌의 게임〉을 2회 연속 챙겨 보니 12시. 자려고 눕자 고민이 시작된다. 이렇게 살아서는 안 되는데. 청소도 좀 해야 하고, 운동도 해야 하고, 봄에 이사 갈 집도 알아봐야 하고, 책도 좀 읽고, 취재원들도 만나야 한다. 언젠가 누군가가 나의 부고를 쓸 때 나만의 특별함 하나쯤은 찾아낼 수 있도록. 도무지 잠이 안 와 다시 펼쳐든 〈술꾼도시 처녀들〉에서 이런 구절을 발견하고 벌떡 일어난다. 냉장고에서 맥주를 한 캔 더 꺼낸다. 음. 이건 정말 진지하고 중요한 문제니까, "일단 한 잔 하면서 생각해 보자."

부러우면 부러운 거다

오래전 사진을 한 장 보고 있다. 배가 볼록 나온 꼬마(접니다요)가 빨간색 비키니를 입고 방금 눈물을 닦은 부은 눈으로 카메라를 노려보고 있는 사진. 네댓 살쯤 되었을까. 이모들이 두 살 위의 언니만 데리고 수영장에 갔다는 사실을 안 내가 하루 종일 울고불고했다는 엄마의 전언이다. 언니가 돌아오자 배신의 아픔을 곱씹으며 엉엉 다시 울기 시작한 꼬마에게 엄마가 서둘러 비키니 수영복을 입히고 튜브를 들린 채 사진을 찍었다. 30년도 더 전 이야기인데, 엄마는 지금도 가끔 타박하듯 말한다. 너는 참 샘도 많았어.

초등학교 6학년 때 부반장 혜정이는 무용을 하는 아이였다. 가느다란 몸매에 얼굴도 희던 혜정이가 어느 국어시간 책을 읽고 있는데 담임 선생님이 말했다. "혜정인 무용도 잘하는데 목소리도 참 좋아. 커서 아나운서하면 좋을 것 같네." 샘쟁이로 공식 인증을 받은 나는 혼자 발끈했다. 왜 내가 책을 읽을 땐 칭찬을 안 해 주는 거지? 며칠 지나 부은 얼굴로 선생님께 불만을 토로했다. "선생님은 왜 혜정이만 좋아하나요?"

아, 지긋지긋하다. 누군가를 샘내고 부러워하는 일로 인생을 말아먹고 있다는 생각이 떠나질 않는다. 다섯살 꼬마나 사춘기 직전의 소녀였을 때야 그렇다 치고, 지금도? 물론 지금도.

얼마 전엔 회사 후배와 "인터뷰 기사에 인터뷰이의 나이를 꼭 적어야 하는가?"의 문제로 이야기를 나눈 적이 있다. 후배들 중 상당수가 "나이를 적으면 독자들이 선입견을 가질 가능성이 있으므로 꼭 필요할 경우가 아니면 적지 않아도 된다"는 생각을 갖고 있다고 했다. 나는 반대였다. "인터뷰 기사 읽다보면 그 사람이 몇 살인지 궁금해지지 않아?"

잘나간다고 일컬어지는 누군가의 삶을 접했을 때, 우선 그 사람의 나이를 궁금해하는 것은 나의 고질적인 버릇. 만약 그가 나보다 나이가 훨씬 많으면, 안도한다. 내게도 아직 시간이 있다. 한참 어리면, 포기한다. 다시 태어나지 않는 한 무리구나. 비슷한 나이일 경우 질투한다. 궁금하다. 과연 이분은 누구시기에 이 나이에 이렇게 훌륭하게 살고 있는 건가. 그래서 나이 없는 인터뷰 기사를 읽으면 포털사이트에 다시 그를 검색해 본다. 그래도 안 나올 경우 인물 검색 사이트로 간다. 집요하기 그지없다. 근데 나만 그래? 나만 쓰레기야?

우리 샘쟁이들을 위로하는 〈질투는 나의 힘〉이란 시가 있다. 청춘만을 살고 떠난 기형도 시인은 이렇게 말했다. "나 가진 것 탄식밖에 없어 / 저녁 거리마다 물끄러미 청춘을 세워두고 / 살아온 날들을 신기하게 세어보았으니 / 그 누구도 나를 두려워하지 않았으니 / 내 희망의 내용은 질투뿐이었구나."

이 시에 영감을 받아 만들어진 영화 〈질투는 나의 힘〉은 복잡한 청춘의 마음을 한마디로 정리하고 있다. "누나 그 사람이랑 자지 마요, 나도 잘해요."

청춘이 지나면 나아질까, 라고 희망을 가지는 건 어리석다. 나이가 들면 살아온 기간도 경험도 많아지니 질투할 거리는 더 늘어난다. 예쁜 청첩장을 건네는 이들이 부럽더니, 이젠 아이 초등학교 입학통지서를 SNS에 올리는 친구들이 부럽고, 조금 더 지나면 귀여운 손주 보는 사람들이 부러워지려나. 하지만, 제일 서글프고 절망적인 부러움은 바로 어림 그 자체에 대한 질투다. 아직 뽀송한 피부도, 하루만 굶으면 금방 1킬로가 줄어드는 기초대사량도 부럽지만, 제일 부러운 건 가능성일 거다. 저 사람의 앞에는 나보다 더 많은 재밌고 신나는 일들이 펼쳐져 있을 거라는 당연한 사실, 을 알면서 부러워한다.

'부러워하면 지는 거다'라는 말이 유행할 때도 난 애써 이 말을 잘 사용하지 않았다. 왜냐, 이 말대로라면 난 순간순간 마구마구 지고 있는 것이니까. 그래서 그냥 혼자 나만의 규칙을 만들었다. 비웃지 마시라. 부러워할 대상에 대한 자기만의 기준을 정해 그 기준에 부합하는 사람만 부러워하는 거다.

일단 외국인? 부러워하지 말자. 내 영원한 이상형 브래드 피트와 결혼했다는 이유로 안젤리나 졸리에게 참을 수 없는 질투를 느낀 적이 있었으나, 아무리 생각해도 나랑은 너무 멀리 사는 사람이잖아. 미국으로 이민 가기 전까진 부러워하지 않기로 한다.

나이로 말할 것 같으면, 위아래로 열살 이상 차이 나는 사람은 부러워하지 않겠다. 우리는 입시제도도 서로 설명해 주기 힘든 사이다. 마지막으로 스스로 선택하지 않고 거저 얻은 어떤 행운을 부러워하지는 말자는 거다. 이건 가장 어려운데, 예를 들어 로또 당첨자, 아 부럽지 않다 부럽지 않아.

이렇게 기준을 정해 놓으니 부러워할 대상이 한결 줄어들었다. 그래도 누군가의 성과 혹은 행운으로 내 인생이 어쩐지 시궁창처럼 느껴질 땐 차라리 자폭한다. 드라이기로 머리를 말리다가 중얼댄다.

"아, ○○는 좋겠다. 부러워 미치겠네!!"

이 장면을 보는 사람이 있다면, 눈과 귀를 개비하고 싶어질 것이나, 외치는 이에겐 퍽 효과가 있다. 네댓 번쯤 같은 소리를 내뱉다 보면, 온몸에 도사리고 있던 꿀렁꿀렁한 느낌의 불편한 질투가 소리와 함께 조금씩 빠져나가는 기분이 든다. 심지어 나 자신이 관찰자의 입장이 되어 이런 생각이 스멀스멀 들기 시작하는 것이다. 야, 좀 그만해라. 부러워한다고 뭐 달라지니? 흉하잖아!

그렇다… 흉한 방법이긴 하다.

부러우면 부러운 거다. 그 사실을 인정하고 그 감정이 나를 해하지 않도록, 나의 인생을 송두리째 패배로 귀결 짓지 않도록 스스로를 다스리는 게 중요하다, 라는 생각을 하고 있던 중 시어도어 젤딘이라는 분이 쓴《인생의 발견》이란 책에서 아주 멋진 글을 찾아냈다. 그는 내가 부러워하는 이들, 즉 내가 얻지 못한 영광을 누리고 내가 느껴보지 못한 기쁨을 가진 사람들을 "내가 가보지 못한 곳에 도착한 사람들"로 여기고 그들의 경험에서 인생의 어떤 흥미를 발견해 내라고 말한다.

———

"나는 낯선 사람들에게 둘러싸인 어리둥절한 여행객처럼 살고 싶지 않다. 아이스크림 같은 행복 한 덩이를 맛보려고 언제 내 차례가 올지 모르는 긴 줄에 끼어 지상에서 주어진 시간을 허비하고 싶지는 않다. 나는 지금까지 먹어본 음식도 몇 가지 안 되고, 시도해 본 일도 얼마 안 된다. (…) 내 앞에 놓인 모든 선택을 경험해보지 못한다고 좌절하지도 않고, 아득히 멀리 있거나 구미에 맞지 않는 것을 무시하기보다는 다른 사람의 경험에서 흥미를 발견하는 데서 출발할 것이다."

———

이런 사람이 되고 싶다. 단지 그들을 샘내는 게 아니라 그들이 나와는 다른 길을 가고 있음을 인정하고 그들의 삶에서 내가 놓쳐버린 세상의 지혜를 발견해낼 수 있는 성숙한 사람이. 이런 멋진 생각을 해낸 시어도어 젤딘이라는 이 아저씨도 참 부럽구나. 하지만 한국인도 아니신 데다 나이도 나보다 두 배 정도 많으시니 일단 패스하기로 한다.

자기계발서를 읽는 게 뭐가 어때서

자기계발서를 자주 사는 편이다. 책꽂이를 차지한 책 중 상당수가 '~하는 기술'이라든지 '~하라'류의 제목을 달고 있다. 하지만 주변에는 이런 나의 독서 취향을 잘 이야기하지 않는다. "나이가 몇 갠데, 그런 걸 읽고 있냐"든가 "어차피 읽는다고 그대로 못해, 집어치워"라는 타박이 들려오는 듯하기 때문이다.

그래도 서점에 가면 습관적으로 자기계발 코너를 찾아 이런저런 책들을 조금씩 들춰본 후 한 권쯤은 골라 나오게 된다. 가장 최근 산 책은 《조용히 이기는 사람들》이다. 띠지에 "절제된 말과 태도로 자존감과 영향력을 드러내라!"고 적혀 있다. 그래, 요즘 후배들에게 자꾸 무시당하는 느낌이 드는 건 내 말과 행동에 절제가 없기 때문인 것 같아. 어느새 책을 집어 들고 계산대로 향한다.

시작은 자기계발서의 바이블이라 할 수 있는 《성공하는 사람들의 7가지 습관》이 아니었나 싶다. 지금은 내용을 거의 까먹었지만, 이 책을 읽었던 이십대 초반엔 엄청난 충격을 받았었다. 아,

성공하는 사람들은 이렇게 살고 있군. 이대로 살다가는 큰일 나겠어. 책에 나온 우뇌 개발법이니 시간 관리법이니 등등을 다이어리에 열심히 적어 두었던 기억.

지금도 생각나는 한 가지 원칙은 '소중한 것을 먼저 하라'다. 급하게 해야 하는 일과 나에게 진짜 중요한 일이 있을 때 보통 사람들은 급한 일부터 하지만, 성공하는 사람들은 먼저 중요한 일에 시간을 배분한다고 했다. 아 맞다 맞어. 근데 지금 나한테 중요한 일이 뭐지? 그걸 모르겠네. 숨 막히게 급한 일도 지금 당장 시작해야 할 중요한 일도 별로 없던 대학 신입생 때의 여름방학이었다.

처음 다녔던 직장이 새벽 출근을 하는 회사였던지라, 한때는 일찍 일어나는 데 자신이 있었다. 한겨울 동도 트기 전 집을 나서면 쨍하고 얼굴을 때리는 칼바람에 '아, 난 열심히 살고 있다'며 뿌듯해하기도 했다. 그런데, 그것이 내 의지력이 아니라 따박따박 통장에 찍히는 월급의 힘이었단 걸 이직하고 바로 깨달았다.

다른 직장인들과 같은 시간에 출근하는 회사로 옮긴 지 일주일 만에, 새벽이면 나도 모르게 눈이 떠지던 습관이 무섭게 사라졌다. 그 후로 '아침형 인간'류의 자기계발서를 사고 또 샀다. 하나, 10년이 지나도록 아침형 인간으로 돌아가지 못했고, 최근 또 《아침 글쓰기의 힘》을 구입했다. 그리고 '성공한 작가들은 아침에 글을 완성한다'는 구절을 지금 새벽 1시 47분 여기에다 적고 있다.

삼십대 초반에는 연애지침서에 빠져 있었다. 만나면 꼬이기만

하는 연애사를 나누며 서로 위로하던 친구 하나가 "연애도 공부를 해야 한다"고 주장하며 서점에서 팔고 있는 온갖 연애지침서를 사들여 스터디를 해 보자고 제안했다. 자신이 몇 권의 책을 읽어 보니, 그동안 연애가 번번이 실패한 원인을 알 수 있을 것 같다면서.《화성에서 온 남자, 금성에서 온 여자》《그는 당신에게 반하지 않았다》같은 고전에서 시작해 '무슨무슨 연애의 기술' 등의 제목을 가진 온갖 책들을 읽으며 이런 팁을 나눴다. "문자는 15분 정도 있다가 답하는 게 좋대." "맘에 드는 남자를 빤히 쳐다보다가 그 사람이 나를 쳐다보면 시선을 돌리래." 등등.

어느 날 친구가 말했다. "근데 말이야, 지난번 책에서는 절대 남자에게 먼저 연락하지 말라고, 남자는 마음이 있으면 무조건 먼저 연락을 한다고 했잖아. 그런데 지금 이 책에서는 남자들도 확신이 없으면 움직이지 않으니 한번쯤은 연락을 먼저 해서 내 마음을 전해 줘야 한다네? 어느 쪽이 맞을까?" 음… 답을 알면 내가 이러고 있겠니? 그렇게 우리는 책을 덮었고, 연애는 여전히 잘 안 풀리고 있다는 슬픈 결말이다.

자기계발서를 읽는다고 해서 내가 막 계발이 되지 않는다는 것을 그렇게 몸으로 배웠는데도, 아직은 포기할 수가 없다. 아침형 인간은 실패했고, 여전히 연애는 쉽지 않으며, 성공하는 사람의 습관은 하나도 갖추지 못했지만, 어쩌면 또 내 안의 어딘가 계발이 덜 돼 진가를 발휘하지 못하고 있는 부분이 있을지 모르니까. JTBC에서 방송됐던 〈힙합의 민족〉이라는 프로그램을 보면서도 비슷한 생각을 했었다.

팔십대의 배우 김영옥 씨를 비롯해 이용녀 양희경 이경진 문희경 최병주 염정인 김영임 등 평균나이 65세의 '할머니급' 여성 8명이 프로 래퍼와 팀을 이뤄 힙합 경연을 펼치는 콘셉트. 실소를 자아내는 '병맛 예능' 선호자인 터라 웃음이 터지길 기대하며 보기 시작했는데 웬걸, 배신을 당하고 만 거다.

할머니들이 랩을 하면 얼마나 하겠나, 생각했다. 그런데 그게 아니었다. 그동안의 힙합 프로그램에서 젊은 래퍼들이 풀어낸 인생 스토리란 대개 가난한 환경을 딛고, 혹은 부모의 반대를 무릅쓰고 음악의 길을 선택했다는 내용이었다. 그러나 짧게는 오십몇 년, 길게는 팔십 년을 이 땅에서 여성으로 살아온 '할미넴(할머니+에미넴)'들의 사연은 레벨이 달랐다.

전쟁을 겪었고, 암 투병을 했고, 이혼을 했고, 한때 삶에 지쳐 목숨을 끊으려 했다. 가요제에서 대상을 받은 신데렐라였지만 불운하게 뜨지 못했고, '딴따라'의 길을 반대하는 부모님께 들킬까 이불을 뒤집어쓰고 소리를 연습했다. 이런 이야기들이 리듬에 실려 주르르 흘러나오니, "얘들아, 이게 진짜 힙합이다"라는 김영옥 할머님의 말에 고개가 끄덕여질밖에.

더 큰 감동의 순간은 '망하더라도 한번 해 볼까'라는 도전을 넘어, 실제로 성장하고 있는 이들의 실력을 확인했을 때였다. 박자 감각이 영 없어 보이던 출연자가 조금씩 리듬을 타기 시작할 때, 아들뻘인 래퍼와 속사포 랩배틀을 멋지게 해냈을 때 가슴 찡한 위안이 찾아온다. "여든이든 아흔이든 하고 싶은 건 하면 된다"

는 것, 노력하면 누구나 나아질 수 있다는 것을 이들이 보여줬다. 1회 때 왜 이 프로그램에 출연했느냐는 질문에 한 출연자가 답했다. "내가 내 인생에 기대를 할 수 있잖아요."

〈레옹〉의 소녀 역할을 맡았던 내털리 포트먼은 하버드대 출신인데, 그는 영화 〈블랙스완〉에서 발레리나 역할을 하기 전까지 발레를 전문적으로 배워 본 적이 없었다고 한다. 그는 2015년 모교인 하버드대 졸업식에서 이런 고백을 했다. 1999년 하버드에 입학한 후 유명세로 합격증을 손에 넣었을 뿐 자신에겐 하버드에 올 만한 지적 능력이 없다는 불안에 시달렸다고.

"'멍청한 여배우'가 아니라는 걸 자신과 주변에 증명하기 위해 신경생물학과 고급히브리문학 같은 어려운 수업을 골라 들으며 끙끙댔죠. 하지만 그 시간을 거쳐 깨달은 게 있어요. '스스로를 지나치게 의심하지 말자'는 것."

〈블랙스완〉을 찍기 전에 발레 동작을 소화하는 게 얼마나 어려운 일인지 알았다면 절대 주인공을 맡지 않았을 것이라는 그는 "한계를 모르기 때문에 해낼 수 있는 일들이 있더라고요"라고도 했다. 맞다. 내 인생에 대한 기대를 멈추지 않는다면, 할 수 있는 건 아직 너무 많다.

그리하여 오늘도 자기계발서 매대 앞을 서성인다는 이야기. 내 인생을 라임에 맞춰 풀어내거나 영화에서 발레리나 역할을 맡을 가능성은 없겠지만, 아직은 한계를 알지 못하기에 도전할 수 있는 무언가가 남아 있을지도 모른다. 이런 사실을 물론 주변엔 알리지 않는다. 가장 최근에 샀다는 책 《조용히 이기는 사람들》에서 이런 구절을 읽었기 때문이다.

"떠벌리지 말라. 주목받지 못한 인물이 성공하면 효과는 더욱 더 크다. 같은 성공이라도 주변의 기대를 한껏 받고 겨우겨우 해내는 것보다 훨씬 더 재미있다. 일이 실패할 경우에도 그저 조용히 마무리하면 그뿐이다."

보라. 자기계발서엔 쓸모 있는 생각들이 참으로 많다.

아름다운 헛수고

이 글을 쓰기 시작한 지금, 교토 기온祇園의 스타벅스에 앉아 있다. 오후 3시 5분이 되었고 날은 흐리다.

일본 전통 복장인 기모노를 입은 사람들이 오가는 고색창연한 기온까지 와서 스타벅스라니 촌스럽지만, 이해해 주시길. 여행지에서 스타벅스를 먼저 찾는 건 나의 후진 버릇 중 하나다. 교토에도 아기자기한 카페가 많지만 낯선 곳에 도착해 허둥대는 모습을 누구에게도 들키고 싶지 않을 땐, 스타벅스가 제격이다. 310엔짜리 아메리카노 한 잔을 시키고 중국인 관광객들 사이에 끼어 앉아 노트북을 켠다. 현지인의 냄새가 솔솔, 폼 나잖아.

갑작스레 교토 여행을 구상한 건 서울에서 너무 멀지 않은 곳에서 겨울 휴가를 즐기며 글도 쓰겠다는 야심찬 구상이었다. 친하게 지내는 부부 건축가분들의 딸이 교토에서 공부를 하고 있는데, 마침 방학이라 한국에 들어와 있다는 소식도 한몫했다. 그 말인즉슨 그녀의 교토 자취방이 비어 있다는 이야기. 교토는 여러 번 와 보았으니 딱히 가야 할 데도 없고, 틀어박혀 글을 쓰기엔 제격 아닌가 생각했던 것이다.

그러나 간과한 게 있었다. 이 빈 방의 주인이 만화 전공 학생이라는 사실. 간사이공항에서 교토역으로, 교토역에서 버스를 타고 45분이 넘게 걸려 교토 동북쪽 조용한 주택가에 자리 잡은 방을 찾아냈는데, 들어서는 순간 눈에 띈 게 책장을 가득 채운 만화였다.

짐가방을 내려놓자마자 반사적으로 만화책을 꺼내들었다. 몇 장 휘릭휘릭 넘기다 아, 일본어로 만화 읽기는 역시 피곤해, 휴대폰을 뒤적거리기 시작. 그동안 바쁘다고 건너뛰었던 포털사이트 웹툰을 클리어해 나갔다. 순식간에 저녁이 찾아오고, 얇디얇은 벽으로 나뉜 옆방에 살고 계시다는 할아버지가 퇴근하는 소리가 들려왔다.

다음 날 아침 할아버지가 출근하는 소리와 함께 기상, 다시 휴대폰을 집어들었다. 음, 이게 진정한 휴가지. 기껏 비행기를 타고 타국까지 와서, 이불 안에 틀어박혀 하루 종일 웹툰을 읽고 있는 나란 인간. 배가 고프면 근처 편의점에서 오니기리를 사다 먹고, 남의 방 청소를 정성 들여 해보기도 하고, TV와 노트북과 휴대폰을 오고가며 2박 3일을 보내고, 오늘에야 겨우겨우 몸을 일으켜 기온까지 나올 수 있었던 것이다.

교토에 들고 온 책은 가와바타 야스나리의 《설국》이다. 왜 이 책을 여행가방에 넣었는가 하면, 가벼워서다. 읽지 않았지만 그 유명한 첫 문장은 안다. "현 접경의 긴 터널을 빠져나오자 설국이었다." 스타벅스에 앉아 책장을 넘긴다. 이런 내용이었군.

무용평론을 하며 한량처럼 살아가는 시마무라라는 남자가 눈이 많이 내리는 지방 마을로 가는 기차를 탄다. 겨울이 되면 한번씩 찾아가는 그곳엔 그를 기다리고 있는 여자 고마코가 있다. 그런데 시마무라라는 이 남자, 처음부터 맘에 들지 않는다. 굳이 시간을 내 고마코를 만나러 가는 길이면서 기차에서부터 다른 여자를 흘끔댄다. 병약한 한 남성을 정성스레 보살피는 '미묘한 매력을 지닌' 요코다. "특히 처녀의 얼굴 한가운데에 산야의 등불이 켜졌을 때엔, 시마무라는 뭐라 형언할 수 없는 아름다움으로 가슴이 설렐 지경이었다."

주인공 시마무라는 유부남이다. 우연히 눈 많은 고장에 들렀다가 술집에서 일하는 고마코를 알게 됐다. 격렬한 밀당의 시간을 거쳐 서로 특별한 감정을 갖게 됐지만, 시마무라는 훌쩍 도쿄로 돌아가버린다. 그리고 199일 만에 다시 그녀를 찾아온 길. 하지만 어떤 설명도 하지 않는다.

"시마무라 쪽에서 우선 사과나 변명을 하지 않으면 안 되는 순서였다. 하지만 얼굴을 보지 않은 채 걷고 있는 사이에도 그녀는 그를 책망하기는커녕 몸 가득히 그리움을 느끼고 있단 것을 알 수 있었다. 따라서 그는 더욱더 어떠한 말을 한다고 할지라도 그 말은 자신이 불성실했다는 느낌밖에 주지 못할 것이라고 생각되었다."

제아무리 노벨문학상 수상 작가라 해도, 이런 줄거리에 감동하긴 어렵다. 고마코는 그가 찾아오면 만나주고 살뜰하게 챙기다가, 그가 떠난다면 붙잡지 않는다. 이 남자에게 고마코는 견고한 삶의 축을 뒤흔들지 않는, 세상 쉬운 여자다.

시마무라가 마을에 와 있는 동안 고마코는 바쁘다. 일하는 중 간중간 시마무라의 방을 찾아가 수다를 떨다 "일하러 가야 해요" 다시 남자 손님들을 접대하러 떠난다. 한밤중에 술에 잔뜩 취해선 또 그를 찾아간다. 시마무라의 볼을 이리저리 만지면서 "당신은 바보야" 했다가 "괴로워요. 그만 도쿄로 돌아가세요" 했다가 또 금 세 "어머, 왜 돌아가요?"

"언제까지 있어봤자 나는 당신을 어떻게 해줄 수도 없잖아."

"그게 나빠요. 당신 그게 나쁘단 말이에요."

"이제 내일 돌아가세요"라더니 곧 "일 년에 한 번만이라도 좋 으니 와줘요. 내가 여기 있는 동안은 일 년에 한 번 꼭 와주세요" 한다. 미친 건가. 이 여자.

너 미쳤니, 라는 말을 들었었다. 그러고 보니 나 역시. 누군가 에게 마음을 쏙 빼앗겨 정신이 없을 때, 쉽게 일상의 패턴을 잃어 버리는 종류의 인간이었다. 한밤중이건 새벽이건 그에게 전화가 걸려오면 받아야 하고, 아침까지 통화한 후 피곤에 절어 출근. 언 젠가 새벽까지 친구들과 술을 마셨다는 그가 우리 집 앞이라며 "잠깐만 나올래?" 했던 날, 주섬주섬 옷을 챙겨 입으려는 나를 보 며 함께 방을 쓰던 언니가 잠꼬대처럼 말했다. 야, 이 시간에 어딜 가려고? 너 미쳤구나.

행복했냐고 묻는다면 그렇진 않았다. 나는 그런 순간 자주 나 를 혐오했던 것 같다. 일상을 반듯하게 챙기며 서로에게 좋은 영향을 주고받는 성숙한 연애라는 걸 해보고 싶었다. 그래서 사랑이 삐걱거리기 시작할 때쯤엔 늘 바랐다. 빨리 거지같은 이 연애가 끝나고 담담한 날이 오기를. 연락 같은 건 기다리지 않고 휴대폰을 '비행기 탑승 모드'로 바꾼 후 잠들 수 있었으면. 오락가락하던 그의 마음이 갈피를 잡고 움츠리며 떠나갈 때, 그래서 나는 슬펐지만 많이 안도했다.

그래서일까. 별다른 줄거리랄 것도 없는 《설국》의 결말 부분이 대사에 나는 잠시 숨을 멈췄다. 눈의 고장에 머물던 시마무라가 슬슬 떠날 채비를 할 즈음, 마을에는 갑작스런 불이 나고 고마코는 자신과 미묘한 애증 관계에 있는 요코(시마무라가 열차에서 홀끔대던 바로 그 여자)를 구하기 위해 불길로 뛰어들며 시마무라에게 말한다. 자 나는 이제부터 요코를 구하러 갈 테니, 당신은 어서 당신의 길을 가시라고. 그리고,

"당신이 가시면 난 성실하게 살 거예요."

누군가를 사랑하는 열기를 다스리지 못해 어쩔 줄 모르던 고마코는 늘 이 이야기를 하고 싶었을 것이다. 그의 방을 찾아가 술김에 이런저런 수작을 주고받으며, 가라고 등을 떠밀었다가 가지 말라고 그의 옷깃을 잡으며 속으로는 늘 이 대사를 떠올렸겠지. 이 연애가 끝나면 나는 더 나은 사람이 될 것이다. 쉽게 휘둘리지 않는, 단단한 사람이 되어 보일 것이다. 상실을 이겨내는 힘은 언제고 그것이었다.

《설국》에 대한 평론 중에는 '생명력'에 관한 이야기가 많다. 서양무용이라고는 제대로 본 적도 없으면서, 그것을 평하는 일을 업

으로 살아가는 남자. 좋은 것도 싫은 것도 사랑하는 것도 미워하는 것도 절실하지 않은, 사실상 죽은 것처럼 살아가는 시마무라라는 남자가 고마코의 뜨거운 혼돈을 보며 "바로 살아 있다는 느낌"을 갖는다는 것. 자신에게는 잘 전달되지 않는 고마코의 들끓는 사랑에 대해 시마무라는 이렇게 평한다.

"아름다운 헛수고"라는 느낌을 지울 수 없다고.

맞다. 아름다운 헛수고다. 누군가를 만나 이별하는 과정을 되풀이할 때마다 도대체 왜 이 헛짓을 계속하고 있는 것인지 한심하기 그지없다. 그럴 때 나를 살리는 것은 이 작은 다짐이다. 너는 가라. 나는 성실하게 살 것이다. 몸과 마음에 남은 사랑의 흔적을 조금씩 털어내며 그렇게 하루하루 꼿꼿하게.

중년의 애니충이 되어 버렸네

2017년 초의 어느 날. 오랜만에 만난 후배가 "작년 말부터 뉴스랑 시사프로만 주구장창(표준어는 주야장천) 보고 있어. 시끄러운 나라 덕분에 '시사충'이 되었네"라며 웃기에 "어? 그럼 나는 요즘 애니충"이라고 답했다.

사정을 말하자면 이렇다. 만화를 좋아하는 사람으로 '만화책 VS 애니메이션'에서 늘 만화책 쪽에 한 표를 던져 왔다. 〈슬램덩크〉도 〈원피스〉도 애니메이션보단 종이 만화로 읽을 때가 더 재밌었다. 굳이 이유를 찾자면, 만화를 보며 내가 상상했던 움직임과는 다른 모습이 애니메이션 속에서 펼쳐질 때, 묘한 이질감과 배신감을 극복하기 힘들었다고 할까.

그런 내가 애니메이션에 빠졌다. 〈하이큐〉라는 작품 때문이다. 수년 전 대원씨아이에서 발간되기 시작한 만화책을 읽었을 때 '음, 캐릭터가 생생하군. 그런데 난 배구에 별로 흥미가 없어서' 정도로 깔끔하게 정리했다. 그런데 누군가 〈하이큐〉 애니판이 매우 훌륭

하단 이야길 했고, 어느 한가한 주말 IPTV에서 제목을 검색한 것이 시작이었다. 이럴 수가, 너무 재밌잖아. 그리고는 시즌1 25편, 시즌2 25편, 시즌3 10편으로 구성된 애니 시리즈를 연초부터 주구장창 돌려 보는 지경에 이른 것이다(2023년 현재는 시즌4까지 방영).

이 만화는 한때 전국 대회 우승까지 노릴 정도의 강호였지만, 몇 년 사이 그저 그런 수준의 팀으로 전락해 버린 카라스노 고등학교 배구부 이야기다. 주인공인 1학년 히나타는 키가 164센티미터밖에 안 되지만, 초등학교 때 TV에서 본 카라스노 배구부의 에이스 '작은 거인'을 동경해 배구를 시작했다. 중학교 때 나간 지역 대회에서 중학 배구부 최강 세터 카게야마에게 무참히 패한 히나타는 설욕을 다짐하며 카라스노 고등학교 배구부에 들어오는데 이게 웬일, 체육관에서 그 카게야마와 딱 마주친다.

〈하이큐〉는 스포츠 만화의 다양한 재미 요소를 알뜰하게 갖췄다. "선수가 공을 잡는 것도, 한 사람이 연속으로 두 번 공에 접촉하는 것도 반칙"인 배구라는 구기는 팀워크를 강조하는 스토리에 적격이다. 개성이 뚜렷한 주인공은 물론이고 소소하지만 감동적인 스토리를 가진 주변 인물도 적절하게 배치돼 있다. 무엇보다 이 만화는 '도전'과 '성장'이란 빤한 주제를 꽤 설득력 있게 그려낸다.

시즌3에 이르는 동안 카라스노 배구부는 도전하고, 한계에 부딪히고, 문제점을 파악해 그것을 보완하고, 줄기찬 연습을 통해 극복해 낸다. 혹은 그것을 이뤄내지 못한, 수년간 배구선수로 뛰었으나 예선 첫 번째 혹은 두 번째 시합에서 패해 쓸쓸히 코트를 떠나야 하는 아이들의 회한과 눈물까지 포근하게 보듬는다. "끝날 때까지 끝난 게 아니야." "내가 있으면 너는 완벽해져!" 등, 서른 넘어가면 좀처럼 듣기 힘든 오글거리는 대사들에 모처럼 가슴이 두근두근했던 것도 사실.

매력 있는 캐릭터가 와글와글한 이 배구 만화에서 가장 마음이 가는 캐릭터를 고르라면, 카라스노 고등학교의 미들블로커 츠키시마라는 소년이다. 츠키시마는 주인공인 히나타와 카게야마와 함께 카라스노 고등학교 배구부에 들어온 1학년 학생이다. 하지만 두 주인공들처럼 배구에 대한 한없는 애정이나 투지 같은 것은 없다.

큰 키, 빠른 판단력 등 배구선수에게 필요한 여러 자질을 갖췄지만 의욕은 늘 제로다. 팀원들이 "지역대회 우승!"을 외치며 늦게까지 연습을 할 때도 혼자 '칼하교'를 한다. 말버릇은 이거다. "기껏해야 부 활동일 뿐이잖아." 노력해도 타고난 재능을 이기기 어렵고, 지역대회에서 우승한다고 해도 전국 어딘가에는 더 잘하는 팀이 있다. 넘고 넘어도 새로운 벽은 계속 생기는데 왜 다들 그렇게 기를 쓰는지 이해가 안 간다. "의미 없다, 의미 없어"의 굴레에 빠진 시니컬한 고등학생.

그렇게 된 이유가 있다. 어릴 적, 카라스노 고등학교의 배구부였던 형을 영웅처럼 따랐다. 동생에게는 늘 "내가 팀의 에이스야"라고 이야기하던 형. 하지만 실제로 형은 재능 있는 선수들 사이에서 벤치조차 지키지 못하는 수많은 후보 선수 중 하나였다. 어느 날 형에게 알리지 않고 경기장에 불쑥 찾아간 츠키시마는 응원석에 앉아 있는 형의 초라한 모습에 큰 충격을 받는다. 그리고 자신이 괜한 기대를 해 형으로 하여금 쓸데없는 거짓말을 하게 만들었다는 사실에 대해서도.

나 역시 열심히 하는 것은 촌스럽다고 생각했던 때가 있었다. 기를 쓰고 달려들어도 잘할 가능성이 별로 없어 보이니 차라리 일찌감치 포기하는 게 낫다고 믿었던 사춘기 소녀였다. 중고등학교 체육시간 피구대회가 열리면(왜 여학교에선 그렇게 피구를 자주 했는지) 늘 엉거주춤하다 얼른 공을 맞고 선 밖으로 나와 버렸다. 공을 피하려 아등바등하는 모습을 친구들에게 보이기가 죽기보다 싫어서였다. 공부도 마찬가지였다. 그럭저럭 성적이 좋은 아이였지만, 기를 쓰고 노력하는 아이로는 보이고 싶지가 않았다.

어쩌면 많은 사춘기 아이들이 그런 모양이라고 생각한 건 성인이 되고 나서 사토 다카코의 소설 《노란 눈의 물고기》를 읽었을 때다. 이 소설에는 기지마라는 소년이 나오는데 그림에 재능이 있지만 '어떤 일이든 죽도록 열심히 하고 싶지는 않다'는 태도다. 중요한 축구시합에 골키퍼로 서게 된 기지마는 이렇게 생각한다.

"흉한 몰골을 보이긴 싫었다. 눈에 번쩍 띄게 멋지진 못해도 상관없지만 초라해지긴 싫었다. 진지해지기가 두려웠다. 진지하게 하면 결과가 나온다. 자신의 한계를 보게 된다. 진짜로 승패를 겨루지 않으면 잃을 것도 없다. 져서 초라해질 일도 없다. 모든 걸 애매하게 해두면 그 누가 무슨 말을 해도 히죽히죽 웃고 있을 수 있다."

이 마음을 백퍼센트 이해할 수 있다. 승패가 결정되는 경쟁의 상황은 일단 피하고 본다. 피할 수 없을 땐, 이기는 데 관심 없는 척 한다. 예상대로 지고나면, 나도 그럴 줄 알았어 한다. 열심히 하지 않았으니까. 이건 나의 최선이 아니었어, 라고 애써 무심히 넘겨 버린다.

다시 〈하이큐〉로 돌아오자. 츠키시마 늘 그렇게 현실적인 척하는 소년이지만, 동료들의 노력하는 모습에 뭔가 마음이 일렁인다. 다른 고등학교 배구팀과 합숙훈련 도중 그는 타학교 선배들에게 묻는다.

"선배님들 학교는 그럭저럭 강호죠? 우리보다 잘하지만 전국대회 우승은 어려운 거죠? 그런데 왜 그렇게 필사적으로 하죠? 배구는 고작해야 부 활동일 뿐이고, 훗날 이력서에 학창시절 부 활동을 열심히 했다고 쓸 정도의 가치 아닌가요?"

한 선배가 답한다. 자신도 그 답을 최근에야 알았다고. 특기였던 크로스 스파이크가 블로킹에 계속 막혀 분한 마음에 다른 기술을 죽도록 연습했고, 다음 대회에서 상대팀 선수가 손도 못 댈 만큼 강력한 스파이크를 날렸을 때. "그 한 방으로 '내 시대가 왔다'는 기분이 들었지. '그 순간'이 있느냐 없느냐. 자신의 힘이 120퍼센트 발휘됐을 때의 쾌감! 만약 그 순간이 오면, 그게 바로 네가 배구에 빠지는 순간이다!"

그리고 지역대표 선발 결승전에서 카라스노는 수년째 우승을 이어오고 있는 강팀 시라토리자와와 맞붙게 된다. 그 팀에는 일본

청소년대표 선수인 '괴물 에이스' 우시와카가 있다. 그와 처음으로 맞서게 된 츠키시마는 "내가 우시와카를 이길 리가 없잖아"로 시작한다. 하지만 팽팽한 대결이 거듭될수록 자연스럽게 경기에 집중하며 기회를 노리게 되는 츠키시마. 마침내 2세트의 마지막, 우시와카의 스파이크를 막아 내는 데 성공한다.

"기껏해야 한 번의 블로킹 성공, 기껏해야 25점 중 1점, 기껏해야 부 활동…"이라고 중얼대면서도 '그 순간'을 만난 쾌감을 이기지 못해 주먹을 불끈 쥐며 환호하는 모습에, 나는 울었다.

사춘기가 지난 지 백만 년이 흘렀지만, 요즘도 자주 재능의 한계에 절망한다. 나이를 먹을수록 그런 순간은 더욱 잦다. 똑똑하고 일도 아주 잘하는 후배들이 자꾸 등장하고, 그들에게 "너 기사 너무 좋더라" 칭찬을 하면서도 속으론 울고 싶을 때가 있다. 한심한 선배라 해도 어쩔 수 없다. 그럴 때 '그 순간'을 생각한다.

무언가 신이 나서 나도 모르게 몰두했고, 그것으로 인정을 받았던 그 순간. 어쩌면 이 일이 나의 천직 아닐까 라고 '잠시' 생각하게 만들었던 그 순간. 최고는 되지 못했지만 그 순간이 가르쳐 준 짜릿함이 없었다면 여기까지 오지는 못했을 것이다. 그런 순간을 위해서라면 '진심'도 '필사'도 '열심히'도 꼴사납지 않다는 것! 하루하루 나에게 실망하면서도 계속해 나가는 것은 그런 순간을 한 번이라도 더 만나기 위해서라고. 그리하여 나는 이제 노력하는 것을 부끄러워하지 않기로 했다.

자, 오늘부터 다시 열심히, 하다 멈칫한다. 그러기 위해선 소파와 혼연일체가 되어 하루 종일 애니만 복습하는 이 자세에서부터 벗어나야 할 텐데 말이지… 이런, 벌써 〈하이큐〉를 네번째 돌려 보는 주말이다.

행복이 뭔가요

처음엔 이 만화가 싫었다.

"웃음과 눈물이 공존한다"는데 웃을 수도 울 수도 없었기 때문이다. 가난한 부부의 일상을 담은 4컷짜리 에피소드가 이어지는 만화 《자학의 시》. 웃음 혹은 눈물의 중심엔 허구한 날 밥상을 뒤엎는 남편 이사오가 있다.

직업은 물론 없고, 경마장이나 파친코를 들락거리며 술과 노름으로 허랑방탕 세월을 보내는 백수건달 남편. 특기는 욱하기. 밥이 맛없다고, 맥주가 미지근하다고 밥상을 뒤엎고, 마작을 하다 불리해지면 판을 뒤엎고, 경찰의 태도가 맘에 안 든다며 경찰서 책상을 엎어 버리는 남자다.

이러니 부인 유키에는 고단하다. 하루 종일 식당에서 일해 번 돈은 남편의 노름으로 다 날아간다. 집에서는 식사 준비부터 남편의 재떨이 대령까지 모두 그녀의 몫이다. 불행하다고 울고불고 해도 모자랄 판인데 그녀는 "행복하다"고 말한다. "우리 그이는 무직인데다 갑자기 화를 내며 식탁을 뒤엎지만, 내 배에는 닿지 않도록 배려해 주는, 근본은 착한 사람"이라서 좋다고 한다.

폭력적인 남편과 살면서 행복하다고 말하는 여자를 그린 이 만화는 1996년 일본에서 출간되었을 때부터 논쟁을 일으켰다. "울화가 치민다"는 반응에서부터 "마조히스트가 아니고서야 좋아할 수 있겠느냐"는 악평에도 시달렸다. 하지만 논란 속에서도 만화는 크게 화제가 됐고, 2007년엔 영화로까지 만들어졌다.

행복이란 게 도대체 뭔가 하는 생각에 몰두했던 때가 있다. 다들 행복, 행복, 하는데 과연 행복은 무엇인 걸까? 나만 행복하지 않아서 모르는 건가? 행복의 의미를 국립국어원 표준국어대사전으로 검색해 보니 1번, '복된 좋은 운수'라고 설명한다. 그야말로 예기치 않은 행운과 마주했을 때 인간은 행복하다는 이야기다. 두 번째 의미로는 '생활에서 충분한 만족과 기쁨을 느끼어 흐뭇함. 또는 그러한 상태'라고 되어 있다. 이 정도를 행복이라 한다면 나에게도 행복의 순간들은 무수히 있다.

마감 때문에 속이 타들어 가는 것 같았던 하루를 무사히 마치고 회사 동료들과 근처 펍에서 수다를 떨며 맥주를 마시는 순간. 일 년에 며칠 안 되는 선선한 바람이 부는 가을날 음악을 들으며 회사 근처 정동 길을 걸을 때. 밤늦게 요가를 마치고 개운한 몸으로 집으로 향할 때.

그중에서도 가장 좋아하는 건 한겨울 일본 온천을 찾았을 때다. 얼굴은 칼바람에 갈라질 듯하지만 몸은 뜨끈뜨끈해지는 노천탕에 푹 잠겨 있다가 방으로 돌아온다. 전신이 노곤해진 상태에서

캔맥주를 따 한 모금 들이킬 때, 이런 게 바로 사는 거지 싶어진다.

그런데 이토록 사소한 순간의 느낌을 행복이라 한다면, 세상에 행복하지 않은 사람이 있을 리 없다. 다들 행복을 인생의 궁극적 목적인 양 열심히 떠들어 댈 이유도 없고. 그러니까 이처럼 순간의 즐거움을 넘어서는, 보다 철두철미한 의미에서의 행복이란 게 있지 않을까 생각했다. 예를 들면, 오디션 프로그램에서 수많은 경쟁자들을 제치고 1등을 차지했을 때의 성취감? 내가 쓴 책이 베스트셀러가 되어 많은 사람들의 찬사를 받을 때의 뿌듯함? 오랫동안 좋아해 온 사람이 고백을 해 왔을 때의 하늘을 날 듯한 기분? 아무튼 뭔가 이처럼 '지극한 만족감과 놀라운 기쁨'을 수반하는 상태가 진정한 의미의 행복일 것 같았고, 그렇다면 그것은 내 인생에서 거의 일어나지 않은 사건임에 틀림없었다.

이상한 것은, 행복은 이렇게 아리송한 반면, 불행이라는 것은 참으로 손에 잡힐 듯 생생하여, 좋아하는 사람과 연애가 술술 풀리지 않아 불행하고, 나름 열심히 했는데 부장에게 칭찬을 받지 못해 불행하며, 날씨 좋은 주말에는 만날 사람이 없어 불행하다. 행복은 손에 잡히지 않는데 불행은 이토록 선명하니, 뭐 이런 불공평한 인생이 다 있담.

《자학의 시》는 한 여자의 일생을 통해 과연 행복이란 무엇인가를 깊이 있게 묻고 있는 작품이다. 아내 유키에의 이야기는 2권부터 본격적으로 등장한다. 어머니가 집을 나가고, 남편 못지않게 '밥상 뒤엎기'의 대가였던 아버지와 단둘이 보낸 어린 시절. 동네 아이들에게는 드라큘라라는 별명으로 불렸고, 학교에서는 '존재감 제로'였던 유키에의 학창 시절이 슬프지만 유머러스하게 펼쳐진다. 도대체 행복과는 거리가 멀어도 한참 먼 에피소드들이다.

아침저녁으로 아르바이트에 시달리며 "당장이라도 인생에 지고 말 것 같다"라고 생각하던 소녀 유키에. 그녀는 그 지긋지긋한 불행의 와중에도 단 하나의 친구를 만나 따뜻함을 배워 간다. 그리고 이사오라는, 형편없지만 '내 편'인 남자를 만나 사랑하게 된다. 남들이 '불행하다'고 단정 짓는 조건들과 싸우는 삶이었고, 그 안에서도 삶의 의미란 것이 필요했기에 유키에는 자신이 행복한 이유를 억지로라도 찾아내려 노력했던 것이다. 작은 선의와 작은 배려에도 감동하는 척하면서.

그 노력은 성공했을까?

책의 마지막, 유키에가 자신을 버리고 떠난 엄마에게 보낸 편지에는 그 치열한 고민의 결과가 담겨 있다. 유키에는 고백한다. 결국 자신이 찾으려던 행복이란 건 어디에도 없었음을, 그럼에도 불구하고 이 삶을 계속해서 살아갈 자신이 생겼음을.

"엄마, 이젠 인생을 두 번 다시 행복이냐 불행이냐로 나누지 않을 겁니다. 인생에는 그저 의미가 있을 뿐입니다. 단지 인생의 엄숙한 의미를 음미하면 된다고 생각하면, 용기가 생깁니다."

어쩌면 행복하지 않으면 안 된다는 강박, 행복하기 위해서 사는 것이라는 그 명확한 목적의식이 우리를 행복에서 멀어지게 하는 것은 아닐까. 행복의 의미를 찾아 헤매고, 나는 과연 행복한가

따위의 질문을 던지는 데 낭비할 시간이 인생엔 없다고, 그저 내가 발 딛고 서 있는 이 시간과 공간을 꿋꿋이 살아 내는 것만이 인생의 유일한 의미라고, 유키에는 말한다.

이쯤에서 슬슬 터져나올 볼멘소리가 귓가에 쟁쟁 울리는 듯하다. 대체 무슨 소린지 모르겠다. 답답하다. 행복이면 행복이고 불행이면 불행이지, 인생의 의미를 음미한다는 것은 또 뭐냐. 이렇게 짜증내실 분들을 위해 조심스럽게 한 가지 힌트를 더 드려 보고자 한다.

좀 뜬금없긴 하지만, 최근 읽은 책들 가운데 행복을 뇌과학과 진화생물학으로 분석한 《행복의 기원》에 나오는 내용인데, 나름 공신력 있는 관점이니 참조 바란다. 내용인 즉, 행복한 사람은 원래 행복한 유전자를 타고나서 행복한 것이란다. 이쪽 분야 연구자들은 다 아는 사실이라고 저자가 장담하는 바, 행복감을 잘느끼는 건 상당 부분(약 50퍼센트) 타고난 유전적 요인, 구체적으로는 외향적인 성격을 갖고 태어났느냐 아니냐에 기인한단다.

이런 사실을 알고 나면, 당장 행복에 겨워 둥둥 떠다니는 듯 보이는 누군가를 만나더라도 괜히 질투하며 배 아파할 이유가 없어진다. 그저 '저이는 행복해지기 쉬운 유전자를 갖고 있군' 여기면 그만이니까. 이제는 행복을 '기를 쓰고 노력해 쟁취해야 하는 그 무엇'이라 생각할 필요가 없으며, 되도 않는 행복을 추구한다며 스스로를 들볶지도 말 일이다. 이게 다 유전자 때문이라니, 마음이 참 홀가분하다.

어쩌다 어른, 그리고 다시

개정판을 내겠다며 원고를 다시 읽던 중 현타가 찾아왔다. "이 거, 내지 말까?" 이 책 속에 담긴 기쁨과 슬픔이 익숙하면서 또 어 찌나 낯설던지, 마치 한 세기쯤 지나온 느낌이었다. 고유명사를 자주 까먹어 "그거 뭐더라?"가 말버릇이 된 요즘의 나는 '어쩌다 어른'은커녕 '어쩌다 어르신'이 되어가는 중. 서툰 어른의 시간을 제대로 지나왔노라 당당히 말하긴 어려운데, 그렇다고 여전히 그 곳에 머물고 있음을 고백하기도 부끄러웠다.

그러다 메일함에 차곡차곡 모아둔 독자들의 편지를 다시 읽으 며 마음을 다졌다. 이 책을 내고 나서 많은 독자의 편지를 받았다. "저도 진심병 환자랍니다." "큰 키 때문에 연극에서 '벽' 역할을 한 적도 있다니까요." 같은 웃픈 고백에서부터, "이런 생각 나만 하는 거 아니구나, 무릎을 탁 쳤네요." "꼭 내 모습을 보는 것 같아 낄낄 대며 읽었습니다." 이런 메일을 받으면 뭉쳐 있던 승모근이 스르 르 풀리는 느낌이었다. 나의 이야기가 누군가에게 잠시나마 위로 가 될 수 있다는 것, 나와 비슷한 '이상함'을 공유한 이들이 세상 어딘가에서 씩씩하게 살아가고 있다는 사실만으로 훨씬 덜 외롭고 든든해졌던 기억.

2015년 2월에 출간한 '어쩌다 어른'은 통찰력 있는 편집자가 붙여 준 제목의 덕을 크게 봤다. 다들 어쩌다 어른이 된 자신에 당황하고 있었던 것인지, 제목을 그대로 따라 한 TV 프로그램이 등장했고 '어쩌다 ○○'류의 책과 상점 이름이 쏟아졌다. 그런 제목들과 만날 때마다 소중한 무언가를 빼앗긴 것 같아 살짝 억울해하다가 '내가 원조라구' 하며 내심 뿌듯해지기도 했다.

개정판에는 2018년 초에 출간한 《나는 나를 좋아할 수 있을까》에 쓴 글도 함께 담겼다. 두 책은 3년의 차이를 두고 나왔지만 좌충우돌, 전전반측의 연속이었던 나의 삼십대가 담겼다는 점에서 한 권에 담아도 무리가 없다고 판단했다. 다시 읽어 보니 '뭐 이런 걸 썼어'라는 생각이 들어서 통째로 들어내고 싶은 글도 있고, 이젠 생각이 달라졌구나 싶은 부분도 많았지만 가능한 한 그냥 두기로 했다. 미숙하던 그 시절의 나를 기억하겠다는 의지이기도 하고, 내가 지나온 시간을 지금 막 통과하고 있는 이들에게 책속의 이야기들이 건넬 수 있는 무언가가 있을 거란 기대에서다.

어른이 된다는 건 뭘까. 요즘도 자주 생각한다. 겨우 도달한 지점은 '스스로 선택하고, 책임을 진다'는 것이다. 간절히 원하는 것들은 아직 멀리에 있고, 절망에 빠져드는 시간도 많지만 그럴 때마다 "나의 선택이 가져 온 결과"라고 되뇐다. 하여 누구도 탓하지 않고 고통을 견뎌보리라 다짐한다. 인생은 결국 '존버'이며, 어른은 더욱 그러하다. 그리고 책에도 적었던 괜찮은 어른이 되기 위한 수칙을 종종 떠올려 본다. '불평하지 않는다. 잘난 척하지 않

는다. 기분 좋은 상태를 유지한다.'

이 책을 쓸 때의 나와 지금의 나는 어떻게 달라졌을까. 여전히 키가 크고(당연), 이틀에 한 번은 후회망상에 빠져들며(이불킥도), 진심병은 아직 고치지 못했다(한숨). 대신, 소파에 온 몸을 묻은 채 애니메이션을 반복 시청하는 시간만큼이나 운동화를 신고 집밖으로 나가 정처 없이 걷는 걸 좋아하는 사람이 되었다. "망했다"와 "되겠냐"를 달고 살던 내가 이제는 "어떻게든 되더라"와 "혹시 알아?"를 즐겨 쓰는 긍정형(?) 인간으로 변모하고 있다. 그(나)는 어쩌다 어른이 된 자신을 조금쯤 좋아하게 된 것일까. 그 변화의 과정에 대해서는 다음 책에 써 보도록 하겠다(고 스스로 다짐을 해봅니다).

2023년 이른 봄 이영희

어쩌다 어른

초판 1쇄 발행 2023년 2월 25일

지은이   이영희
책임편집   양하경
디자인   주수현 이상재

펴낸곳   (주)바다출판사
주소   서울시 종로구 자하문로 287
전화   02-322-3885(편집), 02-322-3575(마케팅)
팩스   02-322-3858
이메일   badabooks@daum.net
홈페이지   www.badabooks.co.kr

ISBN   979-11-6689-140-3 03810